CW00821977

COLLECTION FOLIO

Benoît Duteurtre

Tout doit disparaître

Édition revue par l'auteur

Gallimard

Benoît Duteurtre est né près du Havre. Il publie en 1982 son premier texte dans la revue *Minuit*, puis gagne sa vie comme musicien et journaliste.

Il est l'auteur de plusieurs romans (*L'amoureux malgré lui*, *Gaieté parisienne*, *Les malentendus*, *À propos des vaches*), d'un recueil de nouvelles (*Drôle de temps*) et d'essais sur la musique. Sa curiosité pour les situations et les décors contemporains, son écriture précise, son humour teinté de nostalgie marquent sa singularité dans la jeune littérature française.

Son roman, *Le voyage en France*, a reçu le prix Médicis en 2001.

« C'est l'époque, professeur, l'époque ! Vous ne connaissez pas la génération actuelle. Les changements profonds. La grande révolution des mœurs, cette tempête qui se déchaîne, ces ébranlements souterrains, et nous au milieu. L'époque ! Il faut tout reconstruire ! Démolir dans notre pays tous les endroits anciens, n'y laisser que les modernes... »

WITOLD GOMBROWICZ,
Ferdydurke

PREMIÈRE PARTIE

En avant la musique

I

C'était un petit homme rondouillard et joufflu. Assis derrière son bureau, mains croisées sur le ventre, il fumait lentement son cigare et souriait dans l'épais nuage odorant. Son teint rosé de porcelet jurait avec l'idée austère que je me faisais d'un intellectuel : grand, sec, pâle, portant lunettes... Aviné, somnolent, celui-ci s'adonnait au repos sacré de la digestion. Il s'affalait lentement dans son fauteuil de cuir noir jusqu'à n'être plus qu'une tête gonflée, repue, dépassant sur l'horizon de la table de travail. Au moment de sombrer, il se redressait, prenait la parole. Puis il s'effaçait à nouveau sous les volutes du Davidoff et s'assoupissait, mielleux, désireux de me procurer le travail que j'étais venu lui demander, de m'entrouvrir les portes de la prestigieuse carrière.

Persuadé qu'un mot suffirait, j'attendais qu'il dise « oui » ou « non ». Pomponné, proprement vêtu, présentant mon meilleur profil, je m'efforçais de séduire physiquement et intellectuellement ce premier *patron de presse* en chair et en os. Que je lui plaise, et rien ne saurait briser mon irrésistible ascension ! Que je lui déplaise…

À vingt-cinq ans passés, j'arpentais les sentiers de la misère ordinaire. Spécialiste des petits métiers, je gaspillais ma sève pour cent cinquante francs par jour. Employé par un institut de sondages, je bêlais aux portes de mes contemporains : « Quelques questions, s'il vous plaît ! » Les effluves lyriques de l'adolescence m'avaient conduit dans cette voie douteuse. Délaissant l'avenir radieux de médecin ou d'ingénieur, j'avais espéré conquérir la gloire sur mon piano… Aujourd'hui, je jouais seul chez moi, en play-back. Pour un public imaginaire, je recréais les disques de Glenn Gould. Debout sur mon lit je chantais pour les murs. La vie de superstar, les limousines et les palais, j'en rêvais désormais dans les couloirs du métro. Ma première heure était passée sans succès. Jamais je ne serais ce musicien trop doué pour son âge, ce Mozart fortuné, ce Jim Morrison heureux.

Mes amis comprenaient mal mon obstination créatrice et tentaient de me raisonner à demi-mot : je n'étais peut-être pas doué. Du moins disposais-je de quelques connaissances musicales que je devais mettre à profit avant qu'il ne soit trop tard. Rassemblant mon courage, j'avais étudié toutes les hypothèses, raboté peu à peu mes ambitions. Et tout d'un coup, un rêve extraordinaire m'était apparu.

Le plus insensé des désirs et pourtant le plus logique, le plus simple et le plus excitant.

Quoi de plus fascinant qu'une *carte de presse* tendue au bon moment, devant laquelle les murs infranchissables s'effondrent ? Entrées de cinémas, théâtres, cocktails mondains, boîtes de nuit, palais princiers... Quoi de plus enthousiasmant que le combat quotidien pour la vérité de l'information ? Quoi de plus impressionnant que la montée en puissance des médias, cette apothéose de la société de communication ? J'aimais la musique et j'avais envie de la faire aimer, sans souffrir ? Ne vivais-je pas une époque de culture, riche de concerts à profusion, de disques, de radios, de magazines musicaux, plus qu'il n'en fallait pour combler une existence ? Pourquoi perdre mon temps à entacher de mes gribouillis cinq siècles de génie artistique ? Nul effort créateur ne résistait à l'ampleur du « patrimoine ». La profession de « critique musical » constituait le plus sûr moyen de faire partager mes émotions sans renoncer au bien-être. Assez de romantisme ! Journaliste : telle était incontestablement ma destinée !

— Quels sont les domaines qui vous intéressent particulièrement ?

Âgé d'une cinquantaine d'années, mon interlocuteur exerçait les hautes fonctions de rédacteur en chef de *La Gazette musicale.* Après un déjeuner trop arrosé, il dégustait lentement son havane, et retrouvait en m'écoutant l'enthousiasme de ses débuts. Je distinguais de plus en plus mal, à travers les volutes de tabac, sa paupière lourde affaissée par l'effet des sauces. Mais je m'appliquais à bien répondre, guettant la moindre embûche, rattrapant toute maladresse d'une phrase rassurante, peaufinant mot après mot les opinions qu'il semblait pertinent de mettre en avant. Je m'appliquais à imiter l'esprit de ce journal, étudié pendant la semaine. Bien m'en prit car, dès que j'énonçais l'une de ses thèses habituelles, le directeur de la publication poussait un grognement de satisfaction. Le fait de paraphraser son éditorial du mois précédent semblait me doter d'un crédit d'intelligence. Il se délectait de ses propres paroles.

— Je suis fou de musique contemporaine... Boulez, Stockhausen, les liens avec le structuralisme. Euh... la psychanalyse !

Notions obscures pour la plupart des mélomanes, mais fondamentales aux yeux de l'élite à laquelle je prétendais m'intégrer. Quelques années auparavant, quand j'étudiais la musicologie à l'université, je m'étais passionné pour ladite « musique contemporaine ». J'avais découvert la fascination exercée sur le milieu intellectuel par cet art hermétique, enrobé de tout un vocabulaire scientifique. Comme prévu, les mots *Boulez* et *structuralisme* provoquèrent une expression enchantée chez mon interlocuteur. Un soupir de soulagement. Nous nous étions bien compris ! Nous appartenions au même monde. À cette même délicieuse intelligentsia (de gauche) qui avait l'honneur et l'avantage de revendiquer un *avant-gardisme* étranger à la plupart des humains ; d'aimer l'art nouveau sinon pour lui-même, du moins pour ce qu'il impliquait : la distinction.

Rassuré par ces approbations complices, je décidai de poursuivre sur ma lancée :

— Tout cela ne m'empêche pas d'être aussi fou de jazz (je citai Charlie Parker et Miles Davis), et même parfois de rock. Je pense qu'il faut sortir de l'isolement des cultures. On peut aimer Schönberg et Thelonious Monk, Beethoven et la chanson de qualité !

L'homme se figea mollement dans une expression béate. L'effet soporifique de la digestion avait atteint son amplitude maximale. La grosse main rougeaude tenait à présent le cigare aux trois quarts consumé au-dessus du cendrier. Et mon rédacteur en chef me considérait avec une franche sympathie. Il était heureux de retrouver dans mes idées celles qui avaient présidé, quelques années auparavant, à sa prise de fonctions ; le projet défini devant les financiers progressistes qui lui avaient confié la tâche de maintenir la *Gazette* à un niveau d'élitisme rentable, en conjuguant la loi du marché et les prises de positions intransigeantes.

Driiiing.

Le téléphone fit sursauter le patron et le tira de

sa songerie. Il décrocha le combiné, oublia sa voix mâle et adopta une langueur mondaine :

— Ah, c'est toi, mon chéri. Comment vas-tu ? Quand est-ce qu'on se voit ? On déjeune la semaine prochaine, O.K. ? Après, je pars à Marrakech... Oui, un boulot fou, on est en plein bouclage ! Je t'ai pas vu au concert Rostropovitch ? Tu n'as rien raté ! Ce type est surfait !

Il parla longtemps tandis que j'évaluais le bilan de l'opération. Ma prestation était bien engagée. J'avais quelque espoir d'en récolter les fruits... Ma seule erreur fut, au moment où le rédacteur en chef raccrochait, de vouloir accomplir une pirouette finale. Dans un euphorique égarement, il me parut audacieux de couronner ce débat par une idée personnelle :

— Je lis beaucoup de musique au piano. J'adore le répertoire de danse. Que diriez-vous d'une *Histoire de la musique à travers les valses*, de Schubert à Édith Piaf !

Silence.

L'homme envoya dans ma figure une longue bouffée de havane et prononça sèchement :

— Je ne pense pas que cela intéresse beaucoup nos lecteurs.

Le rédacteur en chef me trouvait moins intelligent. Tirant le signal d'alarme, je lançai en vrac une nouvelle série de sujets qui le firent revenir à de meilleures intentions : « modernité de Bach »,

« Berg aujourd'hui », « Schumann, schizophrène ou paranoïaque ? »… Le voile jeté sur l'esprit journalistique par l'alcool, les aliments et le tabac fit le reste. Dans un effort surhumain, oubliant le foie gras truffé, le ragoût de mouton, le brie de Meaux, le bourgogne millésimé et tout ce que je venais de dire, l'homme se souleva de son siège et débita sa formule à l'usage des débutants :

— J'ai peut-être quelque chose à vous proposer. À l'essai, évidemment ! Comme vous le savez, nous publions beaucoup de critiques de disques. Je vais vous présenter mon collaborateur qui vous donnera quelques nouveautés à chroniquer.

D'un geste supposé symboliser notre union, il posa fraternellement la main sur mon épaule et m'entraîna dans le couloir en poursuivant :

— La critique de disques, c'est la meilleure école ! Dès que vous serez rodé, si vous avez de bons sujets d'articles, je suis preneur…

Je ne l'entendais plus. J'étais agité par un frémissement, débordé par une enivrante sensation de victoire. Contenant ma joie, je traversai le couloir où s'empilaient les numéros invendus, puis j'entrai pour la première fois dans l'antre rédactionnel du magazine spécialisé.

Dans cette petite salle claire étaient disposés trois bureaux. Derrière le premier, le plus proche de la fenêtre, se tenait un jeune homme chauve qui pouvait avoir une trentaine d'années.

— Raymond est notre spécialiste d'opéra, me confia le boss.

Penché sur une vieille machine à écrire, l'habitué des théâtres lyriques tapait nerveusement de longues déflagrations de caractères typographiques. Déconcentré par notre intrusion, il releva sa tête maigre d'oisillon et rajusta furieusement ses lunettes, avant de replonger dans son ouvrage.

Au deuxième bureau trônait une énorme jeune femme à cheveux courts, que le rédacteur en chef présenta comme « notre charmante secrétaire ». Elle s'épanouit en un large sourire.

— Ma chère Claudine, voici un jeune homme talentueux qui va écrire quelques papiers pour nous. Faites-lui remplir la feuille pour le règlement des piges.

Talentueux ? Je rougissais d'aise. « Règlement des piges » me parut moins flatteur. De ce concept mystérieux émanait quelque chose de vulgaire. Une médiocrité en germe. Pigiste ? Allais-je devenir ce travailleur occasionnel ? cet être en transit, victime des remaniements internes ? ce journaliste sans autre espoir que celui d'une hypothétique titularisation... Une bouffée d'enthousiasme, émanant des profondeurs de mon être, balaya ce doute et je répondis au questionnaire administratif comme s'il s'agissait d'un acte d'engagement dans une vie meilleure.

Ayant inscrit sans me tromper les quinze chiffres de la Sécurité sociale, je tendis fièrement à la demoiselle mon relevé d'identité bancaire.

Au troisième bureau siégeait un être sans âge, le rédacteur en chef adjoint Alain Janrémi. Suspendu à son téléphone, il parlait fort avec des éclats de voix aigus, des rires suivis de brusques emportements. Avait-il vingt ans ? trente ans ? quarante ans ? Ses cheveux longs tombant sur sa figure, son teint glabre, ses vêtements peu soignés, ses lunettes d'un ancien modèle semblaient symboliser le refus des plaisirs de l'existence, auxquels avait été substituée la seule activité de « critique ». Agitant ses bras de secousses spasmodiques, Janrémi se répandait sur son combiné avec une volubilité de commentateur sportif :

— À propos, tu as entendu son nouveau disque ? Les *Intermezzi* de Brahms… Pas terrible, hein ? Je peux pas supporter ça. C'est creux. Il tape, qu'est-ce que tu veux, il tape ! Sa main gauche n'est pas possible. Et puis il met beaucoup trop de pédale.

Laissant un silence pour écouter la réponse, le journaliste s'enfonça un doigt dans le nez. Le rédacteur en chef papotait avec Raymond, et j'attendais que l'un d'eux veuille bien s'occuper de moi. Janrémi poursuivit :

— Tu sais qu'il devait sortir son disque chez DG et qu'il a été refusé… Mais oui, puisque je te le dis ! C'est pour ça qu'il paraît dans une petite maison qui espère faire sa pub avec. Leur attachée de presse m'a téléphoné trois fois et je l'ai envoyée chier. Alors il a fait intervenir son ami, Claude Polluel. L'autre jour, à la sortie du concert, Claude m'aborde avec son laïus : « Tu as entendu ce disque magnifique ? Ces *Intermezzi* ? » Je lui ai répondu : « Moi, j'ai horreur de ça ! » T'aurais vu sa tête…

Je ne m'étais jamais penché d'aussi près sur la question des *Intermezzi* de Brahms, et demeurai ébloui par tant de loquacité. Cet individu, ce critique virtuose était, à n'en pas douter, le modèle vivant pour réussir dans mes nouvelles fonctions. La conversation, dont je mémorisai les phrases principales, s'acheva. Le rédacteur en chef s'approcha de son collègue. Il expliqua que j'allais collaborer à la revue où je ferais, pour commencer, des critiques de piano et de musique du XXe siècle. Janrémi n'afficha pas d'expression particulière. Comme un automate, il se tourna vers la pile de nouveautés posée derrière son bureau, remua microsillons et compacts, extirpa de la masse un disque de Brahms et me demanda :

— Les *Intermezzi*, ça vous intéresse ?

Reconnaissant le nom de l'interprète dont il venait de parler au téléphone, j'acquiesçai. L'homme me tendit ensuite un disque de Chopin, un troisième de Debussy, en précisant : « pas mal » pour l'un, « très bon » pour l'autre. Il m'expliqua les normes de présentation et conclut : « Il me faut les papiers dans quinze jours. » J'allais demander des précisions quand le téléphone sonna. Une nouvelle conversation s'engagea sur le concert de la veille. Le rédacteur en chef s'était retiré dans son bureau. La secrétaire et le jeune homme chauve s'étaient replongés dans leur labeur. Je compris que je n'avais plus qu'à disparaître.

De retour à la maison, je laissai exploser ma joie et poussai en sautant des hurlements hystériques. *Pro*, enfin *pro* ! Payé pour écouter de la musique ! Payé pour m'exprimer, pour donner *mon* avis. Payé pour exister, en déterminant ce qui était utile à l'humanité, en séparant le bon du mauvais. Lancer mon message à la face du monde. Je me sentais revivre. Je dénouai mon nœud de cravate, disposai sur mon bureau le téléphone et la machine à écrire. Je préparai un café, j'allumai une cigarette. Prêt pour ma nouvelle existence de journaliste, je posai sur la platine le premier disque…

J'avais l'habitude de commenter pour mes amis les morceaux qui me plaisaient. Mais une demi-heure plus tard, la feuille de papier restait désespérément blanche. La riche matière d'impressions et d'idées qui s'éveillaient habituellement lorsque j'écoutais de la musique semblait évaporée. L'obligation du commentaire anéantissait toute action des notes sur mon esprit. Je passai au second disque, où je discernai des touches enfoncées l'une après l'autre. Cela paraissait convenablement joué. Que dire de plus ? Afin d'enrichir mon jugement, je me lançai dans un travail de comparaison avec d'autres enregistrements. Pendant près d'une heure, je repérai les passages et enchaînai rapidement des versions différentes, pour mieux détailler la personnalité de chacune... Incontestablement, je les trouvais différentes. Quant à définir leurs vertus respectives ! Mes idées s'obscurcissaient. Je ne distinguais plus le bon du mauvais, le vide de l'inspiré.

Soudain, je me rappelai la conversation entendue au journal, les commentaires de Janrémi sur chaque disque. Ne disposais-je pas d'un point de départ précieux ? La nécessité, pour commencer favorablement ma nouvelle carrière de critique, était de plaire à mon chef. Et pour lui plaire, le meilleur moyen était de lui donner raison. Honteux mais résolu, j'entrepris de développer méthodiquement les appréciations qu'il m'avait données : « Ce Chopin était trop froid, trop technique, malgré un incontestable brio. » Dans le Debussy, la virtuosité s'alliait « à la plus authentique émotion ». Quant au Brahms, je suggérai que ce disque avait été refusé par une grande firme, avant de sortir dans une petite maison, à grand renfort de publicité...

La semaine suivante, ayant enrichi chaque idée générale de développements significatifs, puis relu et corrigé longuement mes textes, je portai les trois critiques au journal. Janrémi se montra satisfait. Relisant les papiers, il suggéra quelques améliorations. Dans un élan amical, il m'exposa les principes qui devaient m'aider à accomplir un début correct dans la profession. Quittant le magazine pour la seconde fois, je croisai dans le couloir le rédacteur en chef qui me tutoya et me pria de l'appeler François. Cinq nouveaux disques sous le bras, je rentrai à la maison satisfait.

La première de mes critiques parut deux mois plus tard, sous forme d'un quart de colonne en petits caractères au milieu de trois cents chroniques identiques. Je m'imaginais recevoir une abondante correspondance des lecteurs. Ce fut un silence total. Pour une « question de maquette », ma deuxième critique parut dans le numéro suivant. La troisième ne parut jamais faute de place. Trois mois après mon engagement, je recevais le chèque correspondant au premier article : un montant de cent cinquante francs brut, dont avaient été ôtées les charges sociales. Je laissai mollement retomber l'enveloppe et le bulletin de salaire sur mon bureau. Était-ce cela, la brillante carrière ? Combien de symphonies faudrait-il écouter chaque jour pour bénéficier d'un revenu décent ?

Désemparé par la perspective d'innombrables difficultés, et par l'ennui de ces articles, jetables après usage, je sortis de ma discothèque un disque usé. Je le posai sur l'électrophone et m'écroulai sur le divan.

II

1965. J'ai cinq ans. Mon père écoute des valses de Chopin. Assis sous son bureau, blotti dans l'ombre près du tourne-disque, j'aime cette musique régulièrement rythmée, rebondissant sur chaque premier temps comme une valse musette. Chopin le romantique, le malade, le désespéré, m'enchante comme, plus tard, m'enchanteront les accordéonistes. Il naît pour moi comme un maître danseur, un chanteur de charme, subtil par son métier, ses déchirements retenus. Chopin me fait du bien... Les valses sont jouées sur ce vieux disque par Guiomar Novães, grande pianiste brésilienne qui vécut à Paris au début du XXe siècle. La plupart des professeurs de piano apprennent à jouer ces pièces comme des confessions lyriques. Lorsque je les déchiffrerai, quelques années plus tard, je m'efforcerai au contraire de retrouver ce balancement, ce discours contenu par la mesure à trois temps, cette beauté de la mélodie simple, élégante, cette émotion troublante : l'esprit de la valse parisienne...

1967. Premières leçons auprès d'un professeur de musique. Prototype de l'*artiste*, il tient la virtuosité pour négligeable. Il ne m'apprend pas la technique mais m'offre un beau spectacle de délabrement ménager, d'empilements de partitions, de fantaisie et d'oubli. Il vit dans une vieille demeure entourée d'un jardin abandonné, au sommet d'un quartier qui domine la mer. Il n'a pas beaucoup d'argent, s'endort pendant les leçons, mais lorsque je quitte sa maison, il s'installe à nouveau au clavier pour composer. C'est un vieux musicien professionnel, organiste d'église, chef de chœurs, professeur particulier. Il dirige une fois par an, dans une paroisse de la ville, le *Requiem* de Fauré. Il aime Bach et Gounod. Avant de se marier, il a appris le chant grégorien au petit séminaire. Il connaît les opérettes d'avant-guerre, Lecocq, Planquette, Messager, dont les partitions s'alignent sur ses étagères. Il est, dans notre ville de province, le dernier survivant d'un monde musical disparu, de cette horriblement exquise société bourgeoise triomphante ; du temps des pompiers et des impressionnistes, de Saint-Saëns et de Debussy, d'Edmond Rostand et de Marcel Proust...

1970. Je continue l'apprentissage de la musique avec un plaisir mêlé de paresse. Plusieurs fois je suis tenté d'arrêter le piano pour me livrer à des occupations plus en rapport avec la bêtise de mon âge. Mais sous la pression de ma mère sévère, je persévère. J'aime dans la musique les ostinatos rythmiques (en langue moderne : le « swing ») et les harmonies suaves. Je continue d'écouter les valses de Chopin, mais je ne les joue toujours pas. La médiocre technique délivrée par mon professeur dresse trop d'obstacles entre mes doigts et mes rêves. Avec plus de succès, je m'acharne sur quelques sonates de Mozart. Durant les leçons, mon maître parle de violon, instrument dont il prétend jouer beaucoup mieux que du piano. Nous causons surtout peinture, car il peint pendant les vacances, dans des villages de Provence, des paysages colorés et lumineux. Après chaque leçon, je presse mes parents de lui en acheter un. Durant les cours, mon professeur lit également le journal et passe de nombreux coups de téléphone.

1974. À force d'ânonner, depuis l'enfance, les mêmes morceaux, on finit par oublier leur substance. Il faut faire des pauses, désapprendre pour redécouvrir. J'avais quatorze ans. Mozart était devenu un ennuyeux mélodiste, dont je n'entendais plus que les rengaines et pas encore la musique. Je ressentais la soif d'autre chose, d'une matière plus résistante. Ma voix avait mué, mon corps grandi. Je manipulais mon jeune sexe d'une main fébrile, à la découverte de plaisirs nouveaux.

Un jour, comme je fouillais dans la discothèque familiale, passant hâtivement les piles rabâchées de Bach ou Beethoven, je trouvai un disque portant le nom de Claude Debussy. C'est ce nom peut-être, sa sonorité « française » (j'étais pourtant, à quatorze ans, disciple de Bakounine, farouchement antinationaliste), et surtout le portrait du musicien reproduit sur la pochette qui, dix ans après Chopin, allaient m'envoûter pour la deuxième fois. Je restai fasciné par ce visage carré, ce collier de barbe noire, ce regard mystérieux. Ce portrait de Debussy, peint en 1887 par Maurice Baschet, ne rappelait en rien l'habituelle vision des artistes classiques et romantiques. Point de cheveux au vent, nulle trace de pathétisme allemand, mais une grave élégance « Belle Époque ». Rien de ces épanchements douloureux auxquels on résume généralement l'art musical, mais une émotion étrange et calme.

Entre le monde où je vivais et le passé lointain des grands compositeurs, je découvrais dans l'image de Debussy une frange de l'histoire beaucoup plus proche de moi, un passé plus intime. Debussy comblait un vide entre le musée de la musique et le temps présent. Son portrait — comme celui de Proust par Jacques-Émile Blanche — me renvoyait à un passé en ligne directe, encore familial quoique déjà mythologique. C'était le monde de mon grand-père, ce monde de 14-18 dont j'avais entendu l'épopée sanglante au cours des repas de famille ; un temps intérieur et imaginaire, à la frontière de l'Histoire et de mon histoire. Debussy avait la même allure, la même coupe de cheveux que ces vieux jeunes gens rassemblés sur d'antiques photos souvenirs, desquels on disait : « Tiens, voilà l'oncle Léon... Voici la tante Lucie... » Cette époque dont je connaissais musicalement quelques rengaines patriotiques ou chansons paillardes, entonnées par un grand-oncle au dessert, prenait le visage et le nom d'un compositeur.

Aujourd'hui encore, quand je regarde les avenues d'Haussmann, la tour Eiffel, les jardins de Bagatelle et toute l'architecture parisienne, il me semble que cette « Belle Époque » demeure la présence dominante, le passé actuel de notre fin de siècle. Paris porte la signature indélébile de 1900. Tout ce qui s'est construit avant 1850 ou après 1950 paraît anecdotique à côté de cette harmonie d'immeubles, cafés, métropolitain, théâtres, gares... Nationaliste, colonialiste, intolérable, la « Belle Époque » est aussi ce moment d'extrême originalité « française ». Debussy, Monet, Apollinaire, rejoints sur les rives de la Seine par Stravinski, Picasso, Joyce, tous les artistes produits par cette société ou contre elle, sont les figures d'un âge d'or. Paris, à l'aube du siècle, peignait les couleurs et dessinait les formes nouvelles. Paris inventait le cinéma et l'aviation. Paris composait des ballets et des poèmes impairs. Paris était riche de ses Halles, de ses salons, de ses villages, de ses chanteurs tragiques et comiques. Les guerres modernes, la migration vers les banlieues, le *Voyage au bout de la nuit* sonneront le glas de ce monde.

Un œil sur l'indice boursier, l'autre sur notre dépression nerveuse, nous grandissons sous la protection de sainte Marilyn. Sur les ruines des villages pousse le royaume d'Eurodisney. Les jeunes Européens rêvent de Californie. Les réfugiés du tiers-monde réclament l'Amérique et s'accommodent de l'Europe. De grands vents soufflent du Pacifique. Quand on rêve de la France, c'est d'un pays pittoresque et révolu. Le vernis de l'histoire a un parfum mortifère. Les marchands de nostalgie reconstruisent sur les boulevards des bistrots rétro, répliques léchées de la capitale d'autrefois, vouées à la distraction des touristes. Paris cultive l'illusion de Paris. Le pays de Debussy demeure présent et lointain, inaltérable modèle d'imagination et de liberté, imité sans relâche par les académistes contemporains.

Conservation et rénovation sont les deux mamelles de l'Europe. Le monde moderne grandit entre le musée et le business. Pour que fleurissent les beautés futures, il faut que nous renaissions libérés, gagnants, positifs, ânonnant l'anglais, militants de nos « différences ». Quelques nostalgiques préfèrent déplorer le déclin français. Persuadés d'être nés trop tard, ils se considèrent comme les détenteurs d'un passé. Leurs mots n'ont pas de sens. Ils n'entendent rien aux affaires en cours. Leur « patrie » est le théâtre des frustrations, le parti des aigris. La vie est ailleurs. Je ne suis toujours pas nationaliste.

Le choc se confirma lorsque je posai ce disque de Debussy sur le pick-up de mes parents. Le son des premiers accords de piano (une pièce peu connue, intitulée *D'un cahier d'esquisses*) reste gravé dans ma mémoire comme le seuil d'un monde nouveau ; un clavier aux timbres de bois exotiques, une percussion chaude aux nuances extraordinaires.

C'était un disque rare, dans lequel Debussy jouait ses propres œuvres. Quelques années avant sa mort, vers 1910, le compositeur gravait plusieurs compositions sur rouleaux de cire. Cet enregistrement primitif dépourvu de la propreté technologique, cette trace réelle d'un musicien légendaire donnait corps à mon sentiment de passé « proche et lointain ». Le miracle de l'usure, ce grésillement de feu de bois rendait les sillons plus vivants. Debussy jouait. Son piano sonnait avec une densité lente, qui conférait à chaque note un éclairage, un volume, un caractère, une odeur. Jamais je n'avais entendu semblable succession d'accords, pareille harmonie s'inventant pas à pas.

Sur l'autre face était enregistré le *Prélude à l'après-midi d'un faune.* J'écoutai la respiration de la flûte, ses élans sensuels, ses chutes, son mouvement aérien, expressif et décoratif. J'écoutai l'orchestre animé de chants, de mélancolies et d'élans fugaces ; cet orchestre où chaque phrase raconte une histoire, tissée avec d'autres histoires. Debussy est un esprit de contradiction. Il n'exprime jamais un seul sentiment et mêle continuellement le léger au grave.

Cette musique me faisait songer aux campagnes qu'on regarde depuis la fenêtre d'un train, à cette succession de paysages qui changent par la disposition de quelques arbres, puis laissent soudain place à une vision radicalement différente, à la perspective d'une profonde vallée. Debussy est un musicien du voyage. Toujours en mouvement, il découvre et, parfois, se souvient. Une libre succession de formes développe les liens entre l'imagination et l'ouïe. Les écrits du compositeur affirment son goût pour les mystères du monde : « Posséder le décor naturel de la beauté du ciel, pouvoir commenter symphoniquement cette féerie quotidienne qu'est la mort du soleil sont des entreprises émouvantes pour quiconque a le sentiment des rapports qui unissent dynamiquement l'art et la nature. »

1975. Je lis la vie de Debussy. J'aime cet élève récalcitrant, qui dédaigne les règles pour éveiller les sens. Face aux épanchements psychologiques du XIXe siècle, il invente une esthétique radicalement différente. Tandis que le romantisme s'épuise, Debussy inspire Ravel, Stravinski, Roussel, maîtres de la danse et paysagistes sonores. Pour lui, la séduction, l'arabesque, l'émotion suggérée sont aussi nécessaires et civilisées que la « profondeur ». L'art n'est pas religion mais *divertissement.* Debussy n'est pas prophète mais poète. Son agacement devant la fascination du pathos, sa lutte d'homme de goût contre les prêtres inaugurent un autre univers sensible. À ceux qui le rattachent à la lignée des dieux créateurs, le compositeur répond, sous forme de boutade : « La musique doit humblement chercher à *faire plaisir*; il y a peut-être une grande beauté possible dans ces limites. L'extrême complication est le contraire de l'art. Il faut que la beauté soit *sensible*, qu'elle nous procure une jouissance immédiate, qu'elle s'impose ou s'insinue en nous sans que nous ayons aucun effort à faire pour la saisir. »

III

Après six mois de collaboration à la *Gazette musicale*, mes dernières économies étaient épuisées. Selon le nombre de disques que me confiait Janrémi, je gagnais entre trois cents et mille francs par mois. La question restait entière : comment devenir journaliste professionnel ?

À l'issue d'une brève enquête, je découvris que la plupart de mes confrères écrivaient dans plusieurs journaux. Notre revue spécialisée recueillait la quintessence de leur activité. Le reste du temps, ces multi-pigistes se répandaient dans la presse généraliste dont ils rédigeaient les rubriques musicales. Un noyau d'une vingtaine de personnes alimentait la quasi-totalité des parutions, des grands quotidiens aux revues confidentielles. Les mêmes spécialistes signaient interviews d'artistes, critiques de disques, annonces de concerts dans des publications très diverses, en adaptant leur prose à chaque catégorie de lecteurs. Une véritable microsociété vivait au rythme des mêmes événements : tournées d'orchestres, créations lyriques, vie et mort des stars. Le même cercle se retrouvait jour après jour, de salle de rédaction en concert, dans les cocktails, déjeuners et autres buffets offerts par les maisons de disques. La « presse musicale » parvenait ainsi à un niveau de vie convenable.

La profession obéissait à une hiérarchie précise. Tout en haut de la pyramide émergeaient les notables ; ceux qui détenaient les pages musicales des grands quotidiens, news magazines, chaînes de télévision. À l'autre extrémité, le prolétariat des gagne-petit s'arrachait les revues pour troisième âge, les hebdos communistes en voie de disparition, les feuilles de chou interprofessionnelles... Course avide et impitoyable dans laquelle chacun, discrètement, essayait de rogner le territoire des autres, tout en échangeant les amabilités confraternelles de rigueur. Le combat était inégal et l'on ne passait pas facilement d'une catégorie à l'autre. Les jeunes loups débutaient dans des journaux riches et y prospéraient. On leur donnait les meilleures places à l'opéra, on les invitait en voyage. Les gagne-petit restaient jusqu'à leur retraite des gagne-petit, ceux qu'on asseyait en bout de table aux déjeuners, qui devaient réclamer les disques plusieurs fois avant de les recevoir, justifier d'un article pour être invités, s'épuiser pour des piges payées toujours en retard, lorsque le journal n'avait pas fait faillite. Et si, par erreur, ils finissaient par trouver une bonne situation, il n'était pas rare qu'un puissant la leur ravisse au gré d'un changement rédactionnel.

Ils croyaient tous néanmoins à la grandeur de la carrière de critique et aux privilèges de leur condition.

Soucieux de grappiller à mon tour une once de poids médiatique, je me livrai à un examen systématique de la presse. Pendant plusieurs semaines, je me ruinai chez le marchand de journaux, je dévorai hebdos et mensuels, jusqu'à ce que j'aie repéré ceux auxquels manquait une rubrique de musique classique. Je téléphonai aux responsables des rédactions, franchissant le barrage des secrétariats grâce à ma particule : « *de* la *Gazette musicale* ». Je lançai sur le marché mon talent de spécialiste. L'accueil fut varié, parfois favorable. Après plusieurs rendez-vous et quelques articles satisfaisants, j'établis mon règne dans un mensuel écologiste, un magazine économique de droite et une revue de coiffure internationale.

Le résultat de la campagne était honorable. Je pouvais envisager des jours meilleurs, en publiant chaque mois une série d'articles liés à l'actualité musicale. La seule règle était de traiter des mêmes sujets que les autres, au même moment. De temps à autre, je m'offrais le luxe d'un texte sur un musicien que j'aimais. Mon activité restait toutefois disproportionnée au coût de la vie à Paris. Il restait à marquer un point décisif, en couronnant mon réseau par l'une des places stratégiques qui confèrent un rang dans la société médiatique.

Businessman épris de musique, mon cousin Jacques possédait un joli manoir près de Paris. Nous nous étions perdus de vue depuis des années. Un jour, il remarqua ma signature dans la *Gazette*. Émoustillé, il m'invita à un dîner, au cours duquel je lui fis bonne impression. En fin de soirée, tout en servant le vieux cognac, il me suggéra d'appeler de sa part une journaliste amie, qui occupait de hautes fonctions à la rédaction de *Marie-José*, titre numéro un de la presse féminine. Une amie d'enfance : peut-être pourrait-elle faire quelque chose pour moi.

Lorsque Jacques prononça le nom de *Marie-José*, je me vis un instant planant au septième ciel journalistique, régnant sur un aréopage de mannequins vedettes, sacré grand gourou du goût féminin. Grand gourou du goût… L'espoir était mince. Ce journal n'avait théoriquement nul besoin de moi. Il comptait déjà un chroniqueur musical régulier, auquel je n'avais aucun espoir de me substituer.

Marie-José, tout de même ! Joyau de la presse française, diffusé dans le monde entier par le biais de multiples éditions en anglais, italien, allemand, espagnol ou japonais… *Marie-José* et ses couvertures affriolantes : corps de femmes créés pour la seule magie photographique et les collections de prêt-à-porter. *Marie-José* et sa foison de rousses, de blondes, de brunes aux longues jambes supérieurement épilées, qui éveillaient en moi une vague misogynie. Était-ce ce rouge à lèvres tracé au millimètre ? ces maquillages légers qui donnaient aux visages une inhumaine perfection ? ces traits de crayon qui rendaient les regards insoutenables ? *Marie-José* me faisait frémir avec ses titres impénétrables : « Êtes-vous sexy-sucre ou sexy-sel ? », « Femmes de pouvoir », « Cellulite, le traitement qui change tout ». Je redoutais cette arrogance froide de la femme moderne, uniquement préoccupée de sa beauté, de ses affaires, de ses amours…

Le lendemain, vers midi, je décrochai mon téléphone et composai timidement le numéro direct d'Aline Brèle, responsable de « Ça bouge à Paris », la rubrique la plus tonique de *Marie-José.* Des pages de brefs portraits ; une mosaïque de textes et de photos évoquant le monde des *gagnants* ; le rendez-vous hebdomadaire de ceux qui font l'actualité ; tout ce qui compte de nouveau, branché, sympa, dans la capitale.

J'exposai sans trop de peine les motifs de mon appel : journaliste, cousin de mon cousin, j'étais depuis des années un lecteur enthousiaste de « Ça bouge à Paris »… La réponse fut enjouée. La pimpante Aline me tutoya spontanément et entonna en préambule :

— C'est une rubrique franchement « in », tu

vois ? Au cœur de l'actu, avec un ton super-branché, et vachement drôle ! Faut que ça rebondisse pour driver le lecteur sans effort. Chaque papier est un challenge !

Lancée sur son sujet de prédilection, la chef de rubrique brossa le concept. Pour éviter une perte de temps, je précisai que j'étais « branché classique ». Aline émit un roucoulement de plaisir et renchérit :

— Why not ? On peut faire un truc complètement fou. Moi, for example, j'adore Jessie Norman. L'important, c'est d'en parler sous un angle fresh ! Pas faire chier le lecteur. Pas de « culture » avec un grand « Q » (elle aimait les jeux de mots). Non, plutôt des accroches sur le look, sur des trucs rigolos, sympas, tu vois ?

Je commençais à voir avec une certaine angoisse ; et j'allais reculer quand Aline poursuivit :

— Évidemment, les piges, c'est toujours un peu la croix et la bannière ! Mal payé, galère, et tout ! Chez nous, je crois que c'est dans les mille francs la chronique. Dix lignes maxi, parce qu'on joue vachement sur la photo, O.K. ? Enfin, si ça te branche, propose-moi deux ou trois sujets et on fonce !

Mille francs les dix lignes ! Dix fois ce que je gagnais ailleurs. Dans ce prestigieux magazine féminin, dont la pagination était totalement absorbée par la publicité, chaque mot prenait une valeur sonnante et trébuchante. Avec vingt lignes par semaine, j'arriverais à huit mille par mois ! Comment refuser un traitement aussi confortable ? J'adoptai le ton de circonstance pour conclure :

— O.K. ! Ça me branche super ! On la joue comme ça : allumé classicos, dégagé, chicos...

Dès les premiers numéros, je m'efforçai d'adopter le style imposé. Rédigeant dans ma chambre les chroniques commandées par Aline Brèle, je me livrais à de sombres exercices de démagogie, affirmant de tel génie solitaire du piano : « Il ne roule qu'en Bentley. Écoute entre deux récitals les derniers remix californiens ! » ; ou de telle cantatrice que je savais être une honorable mère de famille : « Elle s'habille chez son copain Jean-Paul Gaultier et vient d'acheter avec le nouvel-écrivain à la mode une boîte de nuit dans les Halles... » Chaque semaine, je dictais mes textes par téléphone à la secrétaire de rédaction. Aline hurlait de bonheur.

Quelle inspiration stupide me poussa donc à passer au journal où j'espérais, en nouant des liens amicaux, consolider ma position au sein de la rédaction ?

Marie-José trônait au sommet d'un building moderne sur les grands boulevards. Devant l'immeuble de verre, une équipe de coursiers attendait les ordres de départ. À l'intérieur des locaux, toute trace de pouvoir masculin semblait bannie. Les seuls mâles que je rencontrai au cours de cette incursion furent les huissiers chargés d'aiguiller les visiteurs vers les ascenseurs. Dans le couloir, un homme de ménage passait l'aspirateur. Pour le reste, l'étage semblait peuplé exclusivement de femmes ; créatures de rêve ou de cauchemar, fardées, maquillées, dynamiques, courant d'un bureau à l'autre, transportant de lourds dossiers, échangeant des points de vue entre deux portes, avec l'apparente sérénité des femmes d'action. À la recherche du bureau de la rubrique « Ça bouge à Paris », je croisai deux superwomen vêtues de tailleurs multicolores. Coiffées avec recherche, mais conscientes que « la tendresse est de retour », elles parlaient enfants, cocooning. Plus loin, je vis déboucher trois créatures monstrueuses, pesant chacune son quintal, qui marchaient côte à côte vers la sortie, parapluie dans une main, mallette professionnelle dans l'autre. Tonitruantes, autoritaires, celles-ci parlaient un langage graveleux. Intimidé, je n'osai solliciter le moindre renseignement.

Enfin, je repérai le bureau de « Ça bouge à Paris » et j'entrai dans ce local orné de plantes vertes. Trois secrétaires étaient assises devant leur machine à traitement de texte. Debout à côté d'elles, une petite femme blonde ornée de couettes poussait des cris perçants :

— C'est pas possible de travailler comme ça ! Il

faut que tout soit à la maquette lundi soir ! On m'a mise à ce poste pour faire respecter le nouveau planning, et il sera respecté. Faites ce que je vous demande, merde !

La secrétaire incriminée semblait blasée et ne répondait pas. Ses deux collègues, impassibles, continuaient de tapoter leur clavier. Soudain, je vis débouler dans le bureau un curieux météore humain qui freina près de la blonde : une quadragénaire en pantalon moulant de satin noir et veste de faux léopard. Sa chevelure brun-rouge était défaite, son rouge à lèvres plaqué tel un pâté au milieu de la figure. À ses oreilles pendaient deux grosses boucles de bohémienne. D'une voix éraillée, passant de l'aigu au grave, elle s'adressa à la surveillante aux couettes :

— Ouah ! Je sors de la projection du dernier film de Brad Linson ! Tu sais, ce truc hollywoodien, completely nostalgic ! C'est car-ré-ment-génial ! Et au cocktail, je te dis pas : tout le monde était là !

J'avais reconnu Aline Brèle. Sa comparse s'était retournée vers elle et souriait comme une méchante petite fille. Je demeurai, une minute, paralysé près de la porte d'entrée. Puis, comme je m'avançais à pas feutrés du fond de la pièce, balbutiant mon laïus, la rédac-chef se retourna vers moi en assenant :

— Bah alors, parlez ! Qu'est-ce que vous voulez ?

Je dévoilai mon identité. Brèle sembla revenir à de meilleurs sentiments :

— Ah, c'est toi ! Faut pas être timide comme ça !

C'était moi, en effet. Et je perçus dans le regard d'Aline une pointe d'étonnement, voire de déception. Mon allure effacée, ma veste sombre ne coïncidaient visiblement pas avec l'idée qu'elle se faisait de ses collaborateurs. Dans un brutal et féminin retournement de sympathie, elle s'assit à son bureau en prononçant :

— À propos, je voulais te dire : tes papiers sont pas mal ! Mais... un peu mous, tu vois ? Un peu trop classico ! J'aimerais quelque chose de plus swing, je veux dire, plus *peps* !

Pris au dépourvu, je laissai un silence. La diplomatie exigeait de rester détendu.

— Ah ouais, je vois ce que tu veux dire. Un peu plus moderne, un peu plus chébran !

— Ouais c'est ça, exactement, un peu plus *peps* ! renchérit-elle.

Elle était contente de son mot. Prétextant une période de fatigue, des difficultés familiales, je promis de reprendre le dessus. Puis je déclinai la liste de mes prochaines chroniques. Brèle m'interrompit : elle manquait de place pendant deux mois, à cause de la pub. Elle était obligée de diminuer le classique...

Il était clair que l'idylle était rompue. Jamais plus je ne serais, à ses yeux, ce jeune cousin sympa de Jacques, ce noctambule introduit dans le showbiz auquel elle avait cru parler au téléphone. Je rentrai chez moi furieux de m'être pris à mon propre piège.

À partir de ce jour, la situation ne cessa de se dégrader. Pour survivre dans ce camp d'extermination démocratique, il fallait se montrer toujours plus dynamique et enjoué que la veille ! Chaque semaine, une nouvelle embûche s'ajoutait aux précédentes. Aline me faisait des remontrances stylistiques de plus en plus sévères. Elle m'obligeait à réécrire mes chroniques encore plus *peps*. Il apparut dès lors qu'elle cherchait à m'écarter, à me remplacer, profitant de cette amovibilité que les rédacteurs en chef prêtent aux pigistes. Un matin, elle me téléphona à dix heures pour me dire :

— J'te réveille pas ? Écoute, c'est pas possible les problèmes de photos avec les classicos ! Ça gueule à la direction artistique ! Ils ont des looks trop *treets* tes types ! Trop tristes, quoi ! Tu pourrais pas les choisir un peu plus chébrans ?

J'avais cru devoir m'intéresser aux musiciens en fonction de critères musicaux. Lourde erreur. Selon Aline, malgré les efforts des meilleurs stylistes de *Marie-José*, « mes types » avaient des gueules d'enterrement. De semaine en semaine, le problème se fit plus cruel, et la suggestion laissa place aux injonctions. Désormais, le choix des artistes classiques évoqués dans « Ça bouge à Paris » se ferait exclusivement *sur photo*. Je ne devais plus seulement m'appliquer à pasticher la façon de parler d'Aline

Brèle, cette langue *peps* faite d'injonctions, de mots américains, de titres de films, de formules et de points d'exclamation. Il me faudrait encore passer régulièrement au journal, muni de ma liasse de photographies fournies par les attachées de presse, afin de séparer le bon grain de l'ivraie.

Dans cette tâche déprimante, je m'efforçai d'orienter le choix de mon interlocutrice vers des musiciens convenables. La complicité des secrétaires me poussait à une ultime tentative d'insertion. Et puis, bêtement, à l'occasion du passage à Paris du grand pianiste argentin Claudio Arrau, je suggérai qu'il serait « sympa » de faire quelque chose... Lorsqu'elle découvrit le visage de ce beau vieillard, héritier de la tradition lisztienne, Aline horrifiée s'écria :

— T'as pas vu sa tronche ? Tu veux faire fuir les lectrices ou quoi ? On fait pas un journal pour le troisième âge ! Non, je veux des looks vivants, des looks rock !

À entendre les désirs d'Aline, je me sentais moi-même petit vieux, totalement périmé. J'essayai de résister, mais la chef en profita pour m'annoncer que l'autre chroniqueur musical du journal avait pris ombrage de ma présence. Il fallait que tous mes papiers lui soient désormais soumis, afin d'éviter les doublons et de coordonner nos choix.

C'en était trop ! Elle ne voulait pas de moi ? Qu'elle en cherche un autre ! Dans une crise d'affirmation de ma dignité, devançant l'inéluctable issue, je répliquai à Brèle que je ne pouvais accepter d'être soumis à la censure d'un confrère. Le lendemain, je lui téléphonai pour mettre un terme à l'expérience. Ne voulant pas paraître vaincu, j'ajoutai que j'avais d'« importantes propositions » ailleurs! La rédac-chef eut du mal à retenir un gloussement d'incrédulité mais, satisfaite, elle me souhaita bonne chance.

Mon passage à *Marie-José* avait enrichi mon carnet mondain. Depuis que je signais dans ce magazine, le courrier professionnel se multipliait également. Soucieux d'asseoir ma position dans le milieu musical, j'avais généreusement communiqué mon adresse personnelle, et ma boîte aux lettres était devenue le déversoir quotidien d'un énorme gâchis de paperasserie, dossiers de presse, invitations en tous genres annonçant d'innombrables événements musicaux. Dès neuf heures du matin le téléphone sonnait, et commençait la litanie des attachées de presse, intermédiaires payées pour leur charme et leur aptitude à obtenir quelques lignes dans les magazines. Il était surprenant de voir l'importance que prenait, aux yeux des managers et même des artistes, la perspective d'une demi-colonne dans *Marie-José*. Pour un bout de rubrique dans ce magazine féminin feuilleté dans les salons de coiffure, les grandes firmes discographiques se transformaient en agences de voyages et m'invitaient dans des palaces. Je déjeunais dans les meilleurs restaurants. J'appartenais enfin au premier cercle.

Peu après ma démission, je fus convié à un grand dîner musical organisé au château de Versailles par une maison de haute couture, pour le lancement de sa nouvelle gamme de parfums. Quelques grands noms du milieu artistique, peintres, musiciens, écrivains, académiciens, parrainaient l'opération. L'attachée de presse m'affirma au téléphone que « tout Paris » serait là.

Le soir venu, un taxi me laissa en smoking en haut de la cour pavée, à l'entrée d'un majestueux vestibule où se pressaient les couples habillés. Quelques naïfs s'extasiaient sous les voûtes du palais. La plupart évitaient d'y prêter attention, de crainte de passer pour vulgaires, comme si rien n'était plus ordinaire que cette soirée au château. Après une halte au vestiaire, je franchis le cordon des hôtesses. Un instant, je redoutai d'avoir oublié le carton d'invitation. Enfin, je trouvai le précieux laissez-passer et m'avançai avec le Tout-Paris vers l'escalier du théâtre, le long d'une rangée de valets en costume d'époque. Le spectacle des employés déguisés, tenant à la main des chandeliers illuminés, avait quelque chose de grotesque. Mais les visiteurs semblaient trouver cela chic et pittoresque. Ces valets n'étaient-ils pas des individus libres, payés pour leur travail dans un pays démocratique ?

La première partie de la soirée se déroulait à

l'opéra du château, où un orchestre symphonique donnait quelques pages de Debussy et Fauré avant le souper. Enchanté, je pris place dans un fauteuil de velours, parmi les académiciens en habit et les dames du monde. Juste devant moi, sous les lambris et peintures dorées, se dressait le cou de Sapho Blumberger, femme richissime au teint cireux et aux gestes lents de morte vivante. Entourée d'attentions par un jeune homme fardé, elle actionnait son cou de robot dans un sens puis dans l'autre, et jetait son regard vitreux sur l'assemblée. Non loin d'elle, somnolait le mari de la plus grande fortune de France. L'air triste, ennuyé, il rattrapait à tout moment un début d'assoupissement par une pose songeuse de mélomane. Je reconnus encore la critique musicale Anne de Sainte-Prude, déjà croisée dans des réunions de presse, où l'on se répétait au creux de l'oreille : « Elle est complètement idiote. » Femme d'un marchand de canons, passionnée de musique contemporaine, elle avait collaboré à la revue *Familles princières* avant d'en être écartée pour incompétence, et s'était recyclée dans une feuille de chou du parti conservateur. Elle ne manquait aucun des événements qui ponctuent la vie musicale mondaine.

Le noir tomba lentement sur l'opéra de Gabriel. Dans une salve d'applaudissements parut sur scène la présentatrice vedette de la télévision, Sylvaine Dietrich. La star du petit écran portait une robe à volants de dentelle et de taffetas. Sous sa crinière blonde frisottée, le visage rayonnant était empreint du sourire de circonstance qu'elle savait rendre si naturel. On aurait juré qu'elle était heureuse d'être là. Outre ses fonctions à la télévision, la charmante Sylvaine cachetonnait dans les soirées privées parisiennes où, pour quelques millions de centimes, elle parlait musique, peinture, littérature, tout ce qu'on voulait avec une phénoménale assurance.

Véritable experte de l'animation, Sylvaine tenait son micro en arpentant la scène. De sa voix gouailleuse, qui séduisait ou exaspérait, elle commença par rendre un vibrant hommage au grand couturier qui offrait cette fête, parce que « l'art d'habiller est une philosophie. » Puis elle évoqua *Le Banquet* de Platon, avant de présenter les stars qui patronnaient la cérémonie. Désignant « nos amis » au milieu de la salle, elle les fit se lever l'un après l'autre, avec un mot complice pour chacun, avant de lancer des séries d'applaudissements. Le public était flatté par un sentiment d'intimité. Sylvaine déclama ensuite une ode sur les relations entre la musique et la parfumerie. En quelques minutes, tout y passa : affinités particulières entre les senteurs de jasmin et les sonorités de Fauré, entre le santal et les harmonies de Debussy. Élargissant son propos, elle célébra le cadre de l'opéra, qui ajoutait la splendeur architecturale à celles de la parure, de l'ouïe et de l'odorat. En apothéose, elle proposa à l'assemblée une référence au Cantique des cantiques, célébration de l'union sacrée des sens. Le public écoutait. Le mari de la plus grande fortune de France semblait tout à fait réveillé et souriait, béat.

Le *Prélude à l'après-midi d'un faune* et la suite de *Pelléas* firent passer un souffle d'émotion, entrecoupé par des quintes de toux. Après quoi nous fûmes conviés au banquet, dans la galerie des Batailles. Soulagé de pouvoir parler et s'agiter enfin, le gratin culturel de la France se pressait autour d'une centaine de petites tables. J'étais placé à droite d'une jeune actrice vedette de téléfilms, en face du célèbre scénariste Claude Barrière, et à gauche de ma consœur Anne de Sainte-Prude. Apprenant que je débutais dans la presse musicale, celle-ci m'octroya un sourire condescendant.

Le foie gras était bon. Claude Barrière, barbe grise, tenta d'élever la conversation en citant Shakespeare. Fascinée par ce notable cinématographique, la jeune actrice clignait des yeux et trouvait chaque mot formidable. Anne de Sainte-Prude entendait se montrer à l'aise, maîtrisant ses classiques, connaissant sur le bout des doigts *Le Songe d'une nuit d'été*. Chaque fois que Barrière lançait une citation, elle répétait la fin de la phrase, comme si elle s'en souvenait. Impressionnée elle aussi par la notoriété du scénariste, Sainte-Prude pensait être, à cette table, la seule interlocutrice digne de lui. Chaque fois que je prenais la parole, elle s'empressait de me rabrouer.

Si je lui parlais, elle répondait à peine, n'ayant d'yeux et de paroles que pour l'homme de cinéma, qu'elle entraînait dans de longs apartés. Je finis donc par me rabattre sur la jeune actrice, qui m'interrogea sur le journalisme et demanda si je faisais du « visuel » ou du « rédactionnel ».

La tension monta brutalement à la fin du plat de résistance, quand Sainte-Prude se lança dans une tirade passionnée à la gloire de Pierre Boulez qui incarnait, selon elle, la renaissance musicale. « Boulez est l'héritier de Debussy ! » s'écria-t-elle. Barrière demanda mon avis. Je suggérai que l'esprit libre de Debussy me semblait être aux antipodes des sévères théories musicales bouleziennes. Je croyais amorcer un embryon de débat. Mais à ces mots, Sainte-Prude se redressa et me scruta derrière ses lunettes avec une sombre agressivité. Sentant le moment propice, elle s'exclama soudain très fort, en éclatant d'un rire sinistre :

— Qui êtes-vous pour dire des bêtises pareilles, pauvre petit imbécile ? Qui vous connaît ? D'où venez-vous ? Avant de juger un homme comme Boulez, commencez par apprendre vos leçons !

Une chape de silence tomba sur le secteur. Horriblement gêné par les regards tournés vers nous, je bafouillai quelques mots. Puis, sentant que je rougissais, je piquai du nez dans mon assiette, l'estomac noué. Je m'étais cru flatté en participant à cette soirée, et je me retrouvais soumis publiquement aux railleries de cette bourgeoise. Je balbutiai en mâchonnant mon filet de bœuf : « Je ne comprends pas. Je ne lui ai rien fait… » Les conversations reprirent. La jeune actrice, ne sachant dans quel camp verser, resta silencieuse. Barrière m'adressa un regard réconfortant signifiant que, tout en cédant à une certaine lâcheté mondaine, il trouvait cette femme ridicule. Puis il passa à un autre sujet.

La fin du repas fut pénible. Soucieux d'éviter un nouveau scandale, je n'osais plus tourner la tête vers Sainte-Prude, qui semblait m'avoir oublié. Elle m'avait éliminé moralement et physiquement. Arrogante, fière de sa victoire, elle reprenait de plus belle sa conversation avec le scénariste. Le dessert arriva. Les convives de la galerie des Batailles commencèrent à se déplacer d'une table à l'autre. Barrière interpella un ami qui s'approcha, tandis que la chroniqueuse musicale monologuait encore. S'apercevant que personne ne l'écoutait plus, elle se leva pour papillonner d'une table à l'autre. Je respirai. Avant de s'éloigner à son tour, Barrière me confia :

— Elle est folle !

Ces mots doux me regonflaient. J'avais été la victime de cette soirée. Mais dans l'intimité de notre table, l'honneur était sauf ! Rassuré, je me laissai entraîner par un mouvement général vers la sortie.

Au moment de quitter la galerie, j'aperçus le visage d'Aline Brèle qui se dirigeait dans la même direction, en compagnie d'un jeune homme à lunettes. Nos regards se croisèrent. J'aurais préféré faire semblant de ne pas la voir. Trop tard. Vêtue d'une robe peinturlurée qui se voulait provocante, l'air d'une dinde égarée, Aline semblait s'ennuyer. La soirée n'était visiblement pas assez *peps*. Elle ironisait, accrochée au bras de son chevalier servant, et me lança de sa voix disgracieuse :

— Tiens, t'es là toi aussi ? Toujours autant de boulot ? Ça marche fort pour toi !

— Ouais, ça peut aller. Comment t'as trouvé cette soirée ?

— Bof, pas très fun..., conclut-elle.

Tels furent les derniers mots que je l'entendis prononcer avant de me laisser happer par la foule. Le couturier organisateur offrait à ses invités, pour finir, une promenade nocturne dans les appartements royaux. Au cœur du château, sous les fresques de Le Brun, l'élite républicaine s'enchanta de voir s'ouvrir, exclusivement pour elle, les portes du patrimoine royal. Je contemplai les reflets géométriques de la galerie des Glaces au-dessus des jardins illuminés. Je traversai les appartements du roi et de la reine. Puis je débouchai dans le vestibule au milieu d'un groupe d'hommes en habit vert, vieillards boiteux de l'Académie des inscriptions et belles-lettres, accompagnés d'épouses cacochymes, qui commentaient la soirée d'une voix chevrotante :

— Le vin était excellent !

— Je revois l'œuvre de Mansart avec la même

émotion ! s'exclama l'un d'eux, avant de se lancer dans un long discours sur le style versaillais, « dompteur de la nature dans un théâtre aux dimensions majestueuses... »

Un car était arrêté devant la sortie. J'entendis une voix qui appelait :

— Messieurs les académiciens, par ici.

— Ils disent que c'est par là, bégaya un vétéran qui accéléra sa démarche très lente, de crainte que l'autocar ne parte sans lui.

Quelques académiciens plus jeunes, encore plongés dans la vie active, étaient attendus par des voitures de fonction. Seuls les vieillards, veufs consacrés par les honneurs mais déjà complètement oubliés, préféraient s'en remettre au transport en commun mis à leur disposition par l'Académie. J'échangeai quelques mots avec l'un d'eux. Il me pria de l'aider à monter sur le marchepied, puis m'invita à profiter de ce moyen de locomotion qui me déposerait devant l'Institut, au centre de Paris.

Enchanté de n'avoir pas à chercher un taxi, je m'enfonçai dans l'autocar parmi les Immortels, sur lesquels l'accumulation d'alcool produisait un effet désastreux. Le chauffeur démarra. Disséminés dans le véhicule presque vide, une quinzaine de savants, épée à la ceinture, vestes enluminées, prononçaient des mots indistincts. Corps avachis, regards brillants d'excitation, les spécialistes de l'Égypte antique s'extasiaient sur le moindre détail de la soirée :

— Cette Sylvaine d'Autriche est vraiment très bien !

— Oh non, elle m'agace. Mais j'étais assis près de Mireille Mathieu qui est une fille charmante, plus intelligente qu'on ne le dit.

Nous approchions de Paris. L'un des académiciens, voulant changer de place, faillit s'étaler au milieu du car. Un autre, déjà très aveugle, s'était assoupi et laissait échapper entre ses lèvres un mince filet de bave, tandis qu'un troisième hurlait aux oreilles du quatrième :

— Parlez plus fort, je ne vous entends pas.

— Réglez votre appareil, mon vieux ! Je ne suis pas sourd !

L'autre, obéissant, tourna la petite molette dissimulée derrière son oreille, provoquant des sifflements et des crachotements…

Nous étions arrivés. L'autocar me laissa en compagnie des grands hommes devant l'Institut de France, face au pont des Arts. Je saluai ces messieurs et rentrai chez moi à pied, en traînant sur les quais de la Seine. J'ai lu dans un journal qu'on y pêche de plus en plus de poisson. Il paraît que l'eau est si propre que le maire de Paris envisage de la transformer en zone de baignade. Nous vivons tout de même une époque formidable !

IV

Aujourd'hui, j'ai pris le train. Je suis allé me baigner dans la Manche et je me suis dit : « L'eau de mer est un excellent remède pour se laver des atteintes quotidiennes du journalisme. » Le contact avec la transparente matière salée me nettoyait la conscience. Je flottais dans ce bon liquide, heureux, béat. Je me rappelais que je disposais d'un corps en parfait état de fonctionnement. L'harmonie naturelle de cette falaise blanche, de cette eau bleu-vert, cette perspective lointaine où brillait le soleil composaient un noble spectacle, face aux compromissions de mon irrésistible ascension. Je me régénérais dans un océan de bien-être. Je puisais dans cette immersion, dans ce lavement, des forces nouvelles avant de reprendre mon combat. Je retrouvais dans le paysage de la côte un mystère oublié, une joie enfantine. J'avais envie de m'engloutir, de m'abandonner, de devenir sirène...

Après le bain, je me suis étendu sur la plage de galets, face à l'astre déclinant. Au pied des hautes parois rocheuses se dressaient d'énormes éboulis de calcaire mouillé et des roches plus basses, plus grises, où s'accrochent les mollusques comme je m'écorche sur les murailles de la presse. Des traînées ferrugineuses jetaient leurs couleurs ocre sur la craie blanche. L'air était doux et caressant, et je rêvais d'être toujours cet homme nu au soleil, indifférent au pouvoir, uniquement préoccupé de l'épanouissement de son corps et de son esprit, dominant dans une paix parfaite l'équilibre des éléments.

Il y a des mots qu'on ne peut plus prononcer sérieusement. Je pensais à cette « beauté de la nature » devant laquelle toute exaltation littéraire semble périmée, tout romantisme hors de saison. Les formules simples sonnent comme des poncifs. On leur substitue des artifices par lesquels la prose se mue en sous-genre de la poésie, ou on les abolit par la dérision... La beauté du paysage demeurait pourtant pour moi, à cet instant, le fait primordial. L'accord par lequel je m'incorporais à cette côte, m'agrandissais à l'espace, m'enrichissais de multiples sensations, abolissait le poids du drame existentiel. Je demeurai une heure sur le rivage, au carrefour de l'étendue et du temps. L'ampleur, la couleur, le rythme de la mer formaient un halo exquis, une poésie retrouvée, une perfection dont les moindres détails nouaient de voluptueuses correspondances. Un moment de grâce.

La *nature* est agaçante (cette nuée de mouches

qui me poursuit en chemin, bourdonne autour de moi, me harcèle). Elle est déplaisante (pluie froide qui s'insinue dans mes vêtements, m'imprègne, ruisselle sur mon visage, me trempe de la tête aux pieds). Elle est terrible, cruelle (orage effrayant qui me cloue de terreur, vent qui me rend malade, foudre qui menace de s'abattre sur moi, arbre qui m'écrasera comme une punaise ; tempête épouvantable qui me fait fuir et me perdre au fond des bois, dans les ronces et la broussaille, jusqu'au marécage où je m'enliserai seul, sans aucun secours, au cœur de la nuit...). Mais la nature m'enchante et je l'aime d'un amour partagé. Idée banale, ressassée par une infinité de générations. Idée neuve en moi qui ai longtemps méprisé l'énergie vitale des couchers de soleil, préférant pour leurs couleurs sombres, expressionnistes, les paysages industriels. Désormais ennemi du pathos, je redécouvre la beauté fraîche et bienfaisante des saisons.

Après le bain, je suis allé me promener dans la campagne grasse qui s'étend sur le plateau. Grimpant par une valleuse, au creux des falaises, à l'abri du vent, j'ai bavardé avec les vaches avachies derrière les clôtures, l'œil rouge, inquiet, soupçonneux. Des champs d'herbes fines et de fleurs sauvages s'étendaient au-dessus des flots. Les lourdes ruminantes noir et blanc, paissant sous le ciel bleu, semblaient jetées là comme des créatures mi-terrestres mi-marines, habitantes de cette partie extrême du monde où le monde domine les eaux avant de disparaître. Posées sur leurs prairies au-dessus du rivage, disposées délicatement pour un peintre paysagiste, elles mâchaient lentement chaque touffe et attendaient, sereines, le retour de quelque navigateur aimé.

M'enfonçant plus à l'intérieur des terres, jusqu'à l'orée d'un village, j'ai longé une ferme où bêlaient des chèvres accrochées à des piquets. Elles me regardaient fixement elles aussi, l'œil vif, et lançaient des gémissements de vieilles dames. Dialoguant en écho à un rythme régulier, elles énonçaient chacune à son tour une parole, nasale ou gutturale, trémolo plus ou moins appuyé. Elles lançaient dans la campagne déserte un indéchiffrable message à l'univers ; un message informulé qui me paraissait limpide. Cette prière d'une chèvre au soleil couchant, ce cri de vanité et de désespoir n'était-il pas plus important que nos dernières conversations sur l'interprétation des *Études symphoniques* de Schumann ? Par son mystère intense, lancé dans le vide intersidéral, l'appel des chèvres me faisait songer à Schumann lui-même.

J'ai marché jusqu'aux limites extrêmes de cette partie de campagne. À la sortie du village, la poésie bucolique laissait place aux charmes d'un lotissement nouvellement poussé. Entre les haies bien taillées, une demi-douzaine de cadres commerciaux, aidés par leurs enfants, poussaient sur le gazon des tondeuses à moteur. Vêtus de blue-jeans, ils nettoyaient simultanément leur carré de pelouse, en vertu du règlement qui réserve cette activité bruyante au samedi après-midi. Les moteurs geignaient, râlaient. Le contrepoint des carburateurs, en crescendo et decrescendo, s'insinuait dans la campagne tel un nuage toxique.

Assommé par le vacarme, je comptai une trentaine de maisons rigoureusement semblables, murs blancs, toits gris, parterres de fleurs, garages beiges accessibles par trente chemins goudronnés identiques. Trente clones de pierre étalés sur la verdure. Je comprends mal, en fait, la beauté particulière de cet espace suburbain qui, peu à peu, recouvre l'Europe en une monotone succession de maisonnettes et de jardinets. La reconstruction allemande a lancé le mouvement avec ses villages désespérants, cette séparation des zones : habitat, bureaux, centre commercial, nature, culture... Victime du mal de l'automobile qui rend chaque lieu accessible à tous, la France se rationalise à son tour et se transforme en quadrillage de lotissements. Gain de confort. Spectacle inélégant pour le promeneur égocentrique !

Nos ancêtres construisaient des villes extravagantes. Entre les cités s'étendaient des campagnes, où s'entretenait un lien plus familier avec l'écorce terrestre. Le caractère des villages résidait dans ces matériaux issus du sol et modelés sur le paysage, ces prés fauchés en lisière des forêts… Désormais, la campagne comme la ville sont périmées. Paris est une relique mitée, un terrain de manœuvres pour managers, étouffé par l'accumulation de pots d'échappement. Les fermes retournent en poussière, à moins d'être sauvées par quelque touriste anglais amoureux des vieilles pierres. La banlieue s'étend partout.

Le lotissement et le pavillon préfabriqué sont l'aboutissement et la fin de l'architecture. Bouygues et sa maison de maçon, dépassant toute nostalgie, proposent une synthèse de *maison individuelle*, accessible sur catalogue ; un mode de vie grand public, développé à l'échelle planétaire ; une ébauche de l'humanité future. Pour construire il faut détruire, assouvir l'énergie des commerçants, des politiques et des travailleurs. Il faut que chaque parcelle du globe se recouvre de parkings et de centres commerciaux, de lignes électriques et d'aires de détente, d'autoroutes et de galeries d'art, de villages en ruine, de villages-dortoirs et de villages de vacances ; que la campagne fasse place à un espace de repos, où les itinéraires sportifs alternent avec la friche victorieuse. Le monde des pseudo-villes et des zones agricoles côtoie le monde abandonné, hameaux envahis par les ronces, terrains vagues provisoirement non exploités.

« À la fin, tu es las de ce monde ancien », écrivait

Apollinaire en 1912. Deux guerres plus loin, le monde ancien exhale son dernier souffle. Ultimes témoins de l'ère paysanne, nous emmènerons nos enfants contempler les poulaillers industriels, les plaines à blé, les zones à porcs et les zones à vaches, gérées informatiquement par des pupitreurs-programmeurs. Derniers visiteurs de paysans, nous savons que de cette antique civilisation nous ne garderons rien. Mais prévenus contre toute nostalgie, nous resterons optimistes résolus !

Marchant sur les sentiers après de longues heures consacrées à mes activités bureaucratiques, j'étais ému par cette archaïque richesse de couleurs, de teintes, de nuances ; les talus boisés, les murs de pierres, l'odeur des plantes, les frémissements du silence, tout ce qui rend la campagne bienfaisante. Je savais cependant que je l'aimais comme une potion stimulante qui me permettrait de reprendre mon combat urbain et journalistique avec un acharnement redoublé. Je marchais, je respirais, je me sentais en pleine forme. Et si j'apercevais avec inquiétude les chantiers où poussaient d'autres maisonnettes, encore plus semblables, encore plus individuelles, alors, en véritable homme du XXe siècle, je me consolais en songeant : « Aux prochaines élections, je voterai écologiste. »

V

Les magazines étaient mon gagne-pain. La *Gazette musicale* demeurait le pan « noble » de mon activité journalistique.

Tous les quinze jours, j'allais porter mes critiques de disques. Je poussais timidement la porte de la salle de rédaction où j'espérais susciter l'intérêt de mes supérieurs, grâce aux sujets de conversation préparés en chemin. Mais dès que j'entrais, ma voix s'étranglait, mon esprit s'obscurcissait et j'attendais dans un silence gêné qu'on veuille bien s'occuper de moi. Dans ce temple de la culture, il convenait surtout de ne rien déranger. Matin ou soir, été comme hiver, chaque membre de l'équipe était là, dans sa posture habituelle, l'un tapant sur sa machine, exaspéré par l'autre qui papotait sans fin au milieu des cartons de disques neufs.

Mon avenir, dans ce journal, reposait sur les appréciations d'Alain Janrémi. Régnant sur un vaste cheptel de pigistes, il avait peu de temps à consacrer à chacun. Un bonjour discret, plein d'indifférente familiarité, puis je m'asseyais devant son bureau de juge suprême. Je tendais timidement mes feuillets dactylographiés (disposés dans un ordre psychologiquement approprié) et j'attendais que le rédacteur en chef adjoint ait fini de les parcourir. Pendant qu'il lisait mon travail, je guettais le moindre mouvement de ses yeux, redoutant la désapprobation. Le contrôle de la copie s'achevait par un verdict généralement positif, à quelques nuances près. Je m'inclinais devant les remarques, et encourageais mon chef à durcir des appréciations musicales trop bienveillantes.

À l'issue de l'examen de passage, je quémandais les nouveautés discographiques susceptibles d'enrichir ma collection. Toujours à l'affût d'un bon Stravinski ou d'un Ravel flamboyant, je n'obtenais, sauf faveur spéciale, que des rogatons. Les permanents de la revue prélevaient à la source les disques importants et il fallait beaucoup d'ancienneté pour accéder aux grandes œuvres. Janrémi tenait, en outre, à moraliser la répartition. Il récompensait d'un beau coffret symphonique un pigiste humble et travailleur, mais punissait d'un récital pour flûte et harpe quiconque réclamait trop lourdement. Sa principale distraction consistait à faire attendre l'apprenti journaliste tandis que s'éternisait une conversation téléphonique. Nous constituions la cour, public facile et complaisant. Profitant d'un bref intervalle laissé entre deux coups de fil, je tentais de glisser un mot, un projet d'article, pour m'entendre répondre d'une voix sceptique :

— Mouais... Tu crois que c'est vraiment intéressant ?

Déjà la secrétaire passait une autre communication. Par les fenêtres, j'apercevais les toits des Champs-Élysées et je me disais : « Voilà, je suis critique musical dans un grand journal parisien ! » Tout en poursuivant sa communication, Janrémi me lançait un coup d'œil complice. Je lui renvoyais un sourire entendu pour lui faire comprendre que j'étais en phase, que « vraiment, cette façon de jouer la *Fantaisie* de Schumann n'était pas possible ». Ces scènes pénibles me rappelaient l'époque où, toxicomane invétéré, je déployais auprès de mon dealer la même amabilité artificielle, cette fausse amitié que le marchand cultivait complaisamment. On parlait de tout et de rien, pour n'avoir pas à réclamer la dose qu'on était venu chercher. Le dealer savait que l'autre finirait par craquer et demanderait, faussement détendu : « À propos, t'aurais deux grammes de coke ? »

— À propos, Alain, as-tu reçu le nouveau Debussy de l'orchestre de Cleveland ? J'aimerais bien en faire la critique.

— Pas de chance, je l'ai justement donné ce matin à Armelle...

Ma docilité intellectuelle me permit, au début, d'être considéré comme un critique prometteur. Non content d'écouter les conseils de Janrémi, je faisais un détour par le bureau du rédacteur en chef qui me guidait paternellement. La comparaison d'interprétations restant fastidieuse, mon travail discret consistait à glaner le plus grand nombre possible d'opinions autorisées, pour les agrémenter ensuite d'une touche personnelle. Je m'adaptais au rôle qu'on me destinait : avant tout, satisfaire ces hommes pour qui la normalité professionnelle consistait à aimer les mêmes choses qu'eux, pour les mêmes raisons qu'eux, sans s'écarter d'une certaine logique intellectuelle-contemporaine-progressiste.

Car l'art musical, à la *Gazette*, se divisait en catégories morales. Au sommet resplendissaient les œuvres graves, profondes, savantes, fruits de l'intransigeance des génies. Au fond croupissaient les œuvrettes légères, superficielles, simplistes, *hédonistes*, qu'on ne pouvait tolérer qu'à petites doses. L'histoire était un combat des génies progressistes-profonds contre les réactionnaires académistes-superficiels. Les grandes créations restaient toujours, dans un premier temps, hermétiques, obscures, avant de devenir lumineuses ; tandis que les formes trop séduisantes finissaient aux oubliettes de l'Histoire. On aimait passionnément Bach, Beethoven, Schumann, Wagner, Brahms, Schönberg et d'autres musiciens, généralement allemands, pour la sévérité de leur art, leur rigueur intellectuelle. On jugeait la sonate supérieure à l'air à refrain, la symphonie plus estimable que la suite de danses, la tragédie plus noble que la comédie.

Rossini, Puccini ? « Un peu facile ! » Poulenc, Prokofiev ? « *Néoclassiques*, étrangers aux conquêtes sonores du XXe siècle ! » Tchaïkovski ? « Larmoyant, vulgaire ! » Offenbach ? « Distrayant mais creux ! » Fauré ? « Secondaire ! » Gershwin ? « Bon pour Broadway ! » (ce qui n'était pas un compliment). Quant au jazz, comme l'écrivait le Maître, Theodor Adorno : « Il peut exercer son rôle uniquement parce qu'on le perçoit sur fond de conversation. C'est pourquoi le jazz est bien agréable à danser, mais exécrable à écouter. » Bref, à la *Gazette*, on préférait Ornette Coleman à Count Basie, comme on préférait Wagner à Verdi.

Du côté des interprètes, quelques artistes jugés purs, désintéressés, modestes, étaient promus dans l'ordre de la sainteté. Tel pianiste inconnu, victime du show-biz mais ardent défenseur de la musique contemporaine, était porté au pinacle. Tel jeune virtuose, triomphant dans les concours internationaux, exaspérait. D'une manière générale, tout artiste glorieux, riche, mondain était suspect. La pression publicitaire des grandes maisons de disques empêchait de l'écrire mais, en conversation privée, Janrémi se délectait à souligner les travers des stars. Adoptant des airs graves de confesseur, ressassant le terrible paradoxe homme/artiste, il rappelait inlassablement le passé nazi de Karajan. Il ne pardonnait pas à telle diva d'aimer les bijoux, à tel pianiste célèbre d'avoir abandonné ses enfants.

Malgré les déclarations de principe en faveur de la création contemporaine, celle-ci occupait une place discrète dans la *Gazette*. On s'efforçait de suivre la tendance du jour, mais il n'était pas question de la précéder. Le sentiment d'aimer se confondait avec le fait de reconnaître. D'où cet intérêt inépuisable pour la comparaison d'interprétations des derniers quatuors de Beethoven et cette absence totale de curiosité pour le reste. Tout ce qui n'était pas clairement identifié dans les normes du répertoire ou de la modernité se voyait rejeté dans le « mauvais goût ». Si j'évoquais un chanteur de blues, un orchestre de salsa ou un opéra-comique oublié, mon rédacteur en chef me dévisageait, incrédule. Et comme j'insistais sur le « plaisir » que m'avait donné cette musique, Bonneau me soufflait dans la figure une bouffée de cigare avant d'affirmer, solennel :

— Tu devrais savoir que le plaisir en art est une notion périmée !

Nous étions une dizaine de chroniqueurs, jeunes pour la plupart, à graviter autour du magazine spécialisé qui nous conférait un statut dans le milieu musical. Pur orgueil, puisque ce statut ne nous apportait ni richesse ni pouvoir. Du moins permettait-il de nous présenter comme « de la *Gazette musicale* ». Et dans le petit monde qui gravite autour de l'art, le simple fait de « signer » dans ce journal institutionnel dotait d'une certaine autorité. Aux yeux d'une poignée d'apprentis musiciens, de mélomanes fanatiques, nous possédions un certificat professionnel.

Mes opinions sur l'interprétation de la musique n'en restaient pas moins confuses, et j'enviais les confrères que je croisais à la rédaction. Pigistes en plein essor, prêts pour d'excellentes carrières, ceux-ci développaient le commentaire avec une aisance qui ravalait à peu de chose mes goûts mal définis.

Un jeune homme timide passait ses journées à cataloguer et ressasser les diverses interprétations des symphonies de Beethoven en alignant — critère absolu du professionnalisme — les références discographiques exactes. Véritable expert, il nourrissait ses critiques de comparaisons précises : « Voir la version Furtwängler 1937, parue chez EMI, excellent repiquage d'un mono 78 tours, vision où l'intransigeance de la direction intègre les lignes de force dans un parti pris de fidélité. » De sa plume sortaient des termes mystérieux qui impressionnaient les néophytes. Plutôt que de souligner le lyrisme d'un chef, il développait : « Refusant de mettre en valeur la linéarité de la partition (voir le parti de Walter chez CBS, d'une sublime rectitude malgré un couplage incohérent), le maestro met en œuvre une tension dramaturgique qui restitue l'œuvre dans sa vérité première. » Grâce à cette méthode, Lenoir atteignait aisément la longueur usuelle d'un feuillet dactylographié, quand je n'affichais qu'une dizaine de lignes et redoutais de voir ma pige diminuée de moitié.

Je nouai des relations plus amicales avec une journaliste de mon âge, entrée en même temps que moi à la *Gazette*. Jolie blonde légèrement défraîchie, Armelle était l'une des rares personnes du sexe opposé à naviguer dans ce milieu extrêmement homosexuel. Son visage sage à la peau blanche, traversé par un léger sourire, lui donnait un air de religieuse perverse. Vêtue de jupes démodées, trop timide pour être honnête, cette jeune fille ambitieuse partageait sans réserve les goûts de notre rédacteur en chef. Elle se montrait capable de débattre pendant des heures avec Janrémi sur les questions d'interprétation les plus pointues, à propos de Schumann ou de Brahms. Elle venait au journal à l'heure du déjeuner, se familiarisait avec la petite équipe. Elle me confia un jour, dans le couloir de la *Gazette*, son admiration pour notre chef de rubrique :

— Alain est le meilleur critique que je connaisse !

Quelques semaines plus tard, elle me lisait au téléphone un article, dans lequel elle pastichait gentiment le ton de Janrémi. Cet exercice de style fit le tour de la rédaction. J'étais jaloux de l'aisance avec laquelle Armelle se fondait dans la hiérarchie. Mais en fine stratège, elle savait rester aimable avec chacun, moi y compris. Quelques secondes de bavardage en tête à tête me faisaient revenir à de meilleurs sentiments, et je finis par m'imaginer qu'il existait entre nous une connivence.

Malgré son arrivisme voyant, Armelle ne se départait jamais de ce demi-sourire narquois où je voyais le signe de son intelligence. Dans un moment d'égarement, j'imaginai qu'elle pourrait devenir ma femme. En alliant nos forces, nous formerions un couple de critiques tout-puissants ! Peut-être était-elle cette épouse à la recherche de laquelle je m'épuisais depuis la fin de l'adolescence ? J'étais en proie à une pénible incertitude amoureuse, partagé entre la quête difficile d'une compagne idéale et un certain goût pour les jeunes gens. La femme m'intimidait. Mais la logique homosexuelle me déprimait. Je ne pouvais tolérer l'idée d'être la victime ordinaire et consentante d'un Œdipe mal résolu. Dans un moment d'ivresse, Armelle me semblait offrir une solution honorable. Puis, songeant aux efforts qu'il faudrait accomplir pour conquérir son cœur et son corps, je renonçais…

Le seul véritable ami que je rencontrai à la *Gazette* se prénommait Marc. Nous avions fait connaissance lors d'une réunion dans le bureau du rédacteur en chef. Depuis, nous nous téléphonions pour échanger nos impressions sur le milieu paramusical.

Âgé comme moi de vingt-six ans, chef d'orchestre, compositeur, Marc était doué de qualités rares dans le monde journalistique : sa connaissance réelle de la musique, son intelligence critique. Cheveux noirs frisés, portant des lunettes rondes, il lisait beaucoup, réfléchissait énormément. Ses raisonnements semblaient guidés par une logique infaillible. En toute circonstance, il manifestait son exigence de rigueur intellectuelle. Engagé depuis des années dans la psychanalyse, passionné par la dialectique, il corrigeait ses proches, mettait en lumière leurs faiblesses physiques et mentales. Agacé par mes sarcasmes sur le monde moderne, il faisait, au besoin, l'apologie de la télévision, se réjouissait bruyamment de l'effondrement du communisme ; il défilait contre l'antisémitisme et me reprochait d'ironiser sur les bonnes causes. Militant de l'émancipation sexuelle, il démontait le refoulement caractérisé de ceux qui ne partageaient pas son culte du couple gay. Il rêvait d'un monde plus juste, où toute transgression serait abolie par le *droit à la différence.* Je préférais vanter les délices de l'interdit, la beauté des perversions…

Malgré ce qui nous opposait, nous partagions le même amour de la musique. En communauté d'agacement face aux poncifs de la *Gazette*, nous élaborions des stratégies ; nous échangions des citations. Béla Bartók : « J'insiste sur le fait que ma musique est tout à fait tonale, donc en fait qu'elle n'est pas du tout *moderne.* » Sigmund Freud : « On le voit, c'est simplement le principe du plaisir qui détermine le but de la vie, qui gouverne dès l'origine les opérations de l'appareil psychique ; aucun doute ne peut subsister quant à son utilité, et pourtant l'univers entier cherche querelle à son programme. »

Mon intérêt pour la blonde, mon amitié avec le brun me poussèrent tout naturellement à organiser chez moi un petit dîner, exercice fatigant auquel je me livrais rarement, mais qui semblait nécessaire pour créer à l'intérieur du journal une faction complice. Au téléphone, Marc me rappela les intrigues d'Armelle, qui rendaient douteuse son intégration à notre éventuel complot. Je m'indignai :

— Pas du tout ! Nous avons parlé : elle est de notre avis sur l'essentiel, tu verras…

Incrédule, Marc accepta de tenter l'expérience. Puis il se lança dans un long monologue consacré aux derniers développements de la philosophie postmoderne. Muni de livres, de revues, de magazines, il lut dans le combiné des pages entières que j'écoutai d'abord, puis n'écoutai plus. Au bout d'une demi-heure, je tentai de l'interrompre. Mais la vie de mon camarade semblait polarisée sur ce téléphone auquel il réservait une intarissable énergie.

Attentif aux décrochements de son interlocuteur, il enrageait (« Tu ne m'écoutes pas, tu es incapable de te concentrer ! »), puis reprenait son chapitre d'André Comte-Sponville, tandis que je m'écroulais sur mon lit, le priant, le suppliant de me laisser dormir, et lui donnant rendez-vous pour notre dîner du lendemain.

Armelle arriva la première. Vêtue d'une robe courte en toile blanche, bras dégagés, visage plus pâle que nature, elle avait aux lèvres son rictus moqueur. Je crus même discerner un air d'agacement, dont j'espérai ne pas être la cause. Heureux d'accueillir en terrain conquis cette promise, avec laquelle j'aurais pu former un si joli couple de critiques, j'avais au coup de sonnette posé sur la platine un air d'opérette espagnole qui vaporisait dans l'appartement une ambiance de fête. Avec une moue désagréable, me montrant ses oreilles et fronçant les sourcils comme si la musique la gênait, Armelle me pria de baisser le son :

— Tu écoutes ce genre de truc, toi ?

L'effet était raté. La bien-aimée s'avérait dure à prendre. Ne voyant d'autre moyen que l'alcool, je la fis asseoir dans le salon, lui servis un verre de porto dans lequel je versai une dose de gin. Puis je lui demandai si elle préférait entendre Johann Strauss ou Barry White.

— Barry quoi ? T'aurais pas les *Intermezzi* de

Brahms par Backhaus. J'ai réécouté tout à l'heure son Schumann : vraiment génial !

Au-delà d'une certaine heure, l'obsession classique m'exaspérait. Résigné, je dénichai tout de même cette triste et belle musique qui fit se pâmer la jeune fille en soupirant :

— Cette main gauche...

Marc n'arrivait toujours pas. Dans le silence gêné qui suivit le dernier intermezzo, je relançai la conversation avec Armelle. Que pensait-elle du dernier numéro de la *Gazette* ? Ma collègue picorait les petits gâteaux mais ne touchait guère à sa ration de porto-gin. Elle se lança dans un discours à la gloire de Janrémi.

— Il a une telle connaissance du piano, répétait-elle. Je ne vois personne qui juge avec autant de sûreté. Avant-hier, nous sommes allés au concert Schumann. J'avais apporté la partition (je trouve qu'on écoute mieux en suivant mesure par mesure). Eh bien, il connaissait tout par cœur ; il a relevé les trois détails de phrasé qui n'allaient pas. Ensuite, au restaurant, il a rédigé sa critique en cinq minutes. C'était drôle...

Je l'écoutais en souriant. Dès qu'elle parlait de musique, ses yeux pétillaient. Marc avait raison. Cette fille était bête. Mais l'amour, peut-être, était capable de la transfigurer. Tout en répondant à ses phrases, je l'imaginais nue, seins tendus, chair frémissant de désir. Sous prétexte de me resservir un verre, je vins m'asseoir sur le divan près d'elle, décidé à poser les vraies questions avant l'arrivée de mon ami. Dès qu'Armelle se taisait, je la relançais : Qu'est-ce qui lui avait fait aimer la musique? À quel âge? Quels concerts l'avaient marquée? Le fait de parler d'elle-même la plongeait dans un état d'abandon et j'en profitais pour me rapprocher, par secousses indiscernables.

Ma jambe collait à présent la sienne. J'approchai progressivement la main. Mon cœur battait. Tandis qu'Armelle s'exprimait, je fixais passionnément son visage. Grâce à l'excitation naturelle, tout se passerait bien... Afin de semer la diversion, je posai une autre question :

— Et la littérature? Tu aimes la littérature?

Armelle sourit en poursuivant :

— Je ne t'ai pas dit que j'écrivais un roman? Mon rêve serait de le publier chez Actes Sud! J'adore leurs couvertures.

À présent, je la sentais entière contre moi, au bord de l'expérience décisive. L'extrémité d'un doigt frôla la toile de sa jupe puis, telle une lente bestiole, mes cinq appendices remontèrent sur la cuisse de la jeune fille. J'appuyais à peine. Cette force était sans doute imperceptible pour elle, mais pour moi tellement audacieuse... Armelle me regarda fixement. Gêné, j'attendais un geste de consentement, un encouragement de sa part, un mot qui nous autorise à nous jeter, telles deux bêtes, l'un contre l'autre.

Soudain, d'un geste brusque qui réduisit à néant ma lente conquête du terrain, elle se leva du divan en prononçant :

— Bon. Faut que je m'en aille. Je vais être en retard pour mon dîner.

Son dîner ? Était-elle folle ? Échauffé par le désir, je me levai, pressant la pâle et glaciale jeune fille de questions :

— Quel dîner ? Mais c'est moi qui t'ai invitée à dîner, avec Marc !

— Pas du tout, renchérit-elle en retrouvant son petit sourire. Tu m'avais parlé d'un apéritif ! Non, je suis invitée à dîner ce soir chez François, notre rédacteur en chef. C'est important, tu comprends ! C'était prévu !

Je restai muet, anéanti par sa désinvolture. Déjà, Armelle avait enfilé son manteau et se dirigeait vers la porte. Au moment de sortir, elle m'embrassa tendrement sur les deux joues en ajoutant :

— À bientôt. On remettra ça… Excuse-moi encore.

Puis elle disparut dans la cage d'escalier.

Décontenancé par ce baiser final qui me laissait espérer qu'après tout, peut-être, ma séance de séduction avait porté ses fruits, je retournai dans le salon où j'allumai, pour me changer les idées, une cigarette de haschisch.

Marc arriva une demi-heure plus tard, souriant, vêtu d'un pantalon d'été et d'une chemise légère entrouverte, qui laissait passer d'abondantes touffes de poils. Il portait un paquet de disques de compositeurs américains qu'il voulut absolument me faire entendre, tout en dégustant le rôti de bœuf-gratin dauphinois.

Une heure plus tard, profitant de ma détresse existentielle et de l'effet de la drogue, Marc était sur mon lit et, dans un halo de musique répétitive, se livrait à des attouchements amoureux. Une demi-heure plus tard, vaguement satisfait et de nouveau sceptique, je le mis à la porte et m'efforçai de dormir pour oublier. Le lendemain matin, abattu dès le réveil, pressentant une mauvaise journée, j'eus l'affreuse surprise de trouver dans ma boîte aux lettres une déclaration de mon camarade : « Je t'aime. Même si nous ne nous comprenons pas toujours… »

Sa missive passionnée suscita en moi une haine terrible. Cet individu m'exaspérait ! Je revoyais ses attitudes féminines, son sexe *post-moderne.* Jamais je ne supporterais cette intimité du lendemain matin, ce droit à briser ma solitude. Immédiatement je téléphonai à Marc pour le prier de ne jamais plus m'écrire de mots doux. J'affirmai que je n'avais pas l'intention d'aller au-delà de ce cauchemar, dû à des circonstances malheureuses.

Il gémit puis se livra à une crise de nerfs émaillée d'injures avant de raccrocher. Ces manifestations m'exaspéraient. Face à cette vulgarité démonstrative, à ce sentimentalisme de roman-feuilleton, la chaste Armelle reprit dans mon esprit l'apparence d'un être idéal qui avait eu mille fois raison de ne pas se laisser faire. Pendant quelques jours, je l'idéalisai et lui prêtai une apparence de Sainte Vierge. Mais le lundi suivant, je la retrouvai au journal, médiocre intrigante accrochée au veston du rédacteur en chef…

Je téléphonai à Marc pour m'excuser. Ayant reçu l'absolution, je ravivai nos amours spirituelles en lui lisant ce beau texte de Stefan Zweig : « La légèreté, c'est le dernier amour de Nietzsche, sa plus haute mesure de toutes les choses. Ce qui rend léger et donne la santé est bon : dans la nourriture, dans l'esprit, dans l'air, dans le soleil, dans le paysage, dans la musique. Ce qui fait planer, ce qui aide à oublier la lourdeur et l'obscurité de la vie, la laideur de la vérité, cela seul est une source de grâce. La musique, une musique limpide, libératrice, légère, devient le plus cher réconfort de cet esprit mortellement agité. »

DEUXIÈME PARTIE

Journal d'un journaliste

I

J'étais devenu un professionnel de la pige, un chroniqueur musical envié, m'épuisant pour de modestes salaires d'un journal à l'autre, au gré des changements rédactionnels.

Mes nuits s'écoulaient au rythme des concerts, petits événements musico-mondains dont il fallait être pour exister. Tous les soirs à vingt heures quinze, retrouver les mêmes figures massées près du guichet de presse, à l'Opéra ou aux Champs-Élysées. Retrouver les mêmes corps, les mêmes bras de confrères tendus pour quémander leur ticket d'entrée. Retrouver les mêmes sourires : « Bonjour Gérard, Bonsoir François. » Retrouver Gérard et François à l'entracte, lorsque chacun épie l'avis de l'autre avant d'oser formuler le sien. Vivre ensemble. Nous serrer dans les mêmes salles, sur les mêmes rangées. Partager les mêmes émotions lyriques, orchestrales, instrumentales, guidés par la même satisfaction d'être là quand il faut, de connaître et d'être connus. Voyager dans les mêmes avions, vers les mêmes destinations. Nous retrouver aux mêmes tables à l'issue des mêmes spectacles, pour parler musique et toujours musique, avant de nous lire mutuellement dans les colonnes de nos journaux…

Même pour un mélomane sincère, l'étroitesse professionnelle, le renoncement au foisonnement de l'existence devenaient rapidement douloureux, voire insupportables. Soucieux de préserver mon équilibre vital, je m'échappais aussi souvent que possible avec des amis étrangers au milieu. Le fait de parler d'autre chose, d'oublier les questions d'interprétation me procurait un vrai soulagement.

Un soir, je dînai avec un ami écrivain auquel je racontai cette nouvelle vie. Quelques années plus tôt, à l'époque où j'étais un noctambule, errant plein d'ambition dans la faune des boîtes de nuit, j'avais rencontré Ronald dans un bar, où il effectuait une enquête pour son prochain livre. Plus âgé que moi, il avait travaillé dans la presse avant de publier ses premiers romans. Nous nous retrouvions de temps à autre. Nous nous entendions bien. Lorsque j'eus terminé mon exposé des grandeurs et misères du milieu musical, Ronald partit d'un bruyant éclat de rire et s'exclama :

— Minable ! Pourquoi t'abaisser pour quelques centimètres de pouvoir médiatique ? Montre-toi hautain ! Affirme que tu n'as pas besoin d'argent et vends-toi au prix fort ! Tu as envie d'écrire ? Eh bien je te propose, moi, des pages pleines et entières dans un journal lu chaque semaine par un million de lecteurs ! Et au lieu de mille francs par mois, ce sont dix mille que je t'offre, s'il reste un filon de talent à exploiter en toi !

Il éclata à nouveau de rire, tandis que mon verre de bière dérapait devant ma bouche. Parlait-il sérieusement ? Dix mille, avait-il dit ! Un million ancien ! Auquel s'ajouteraient mes multiples piges occasionnelles. Ma machine à calculer s'était mise en marche, et j'entrevoyais dans les prunelles brillantes de mon ami une somme que je n'avais encore jamais gagnée. Je le sommai de s'expliquer.

— Oui, reprit Ronald, évasif. Un copain, le patron de ce journal, m'a demandé de l'aider à recruter quelques plumes. Je suis sûr que tu t'en tirerais très bien. J'ai lu tes articles. Bien foutus ! Tu vas voir ce que c'est que le journalisme.

C'est ainsi que je fis mes débuts de rewriter à *Police Magazine*, célèbre revue de faits divers dont les couvertures sombres et provocantes s'étalaient aux devantures des kiosques à journaux. Chaque semaine, des créatures dénudées, dans des positions lascives, se livraient aux passants sous des titres effrayants : *Il tue sa femme parce qu'elle mettait trop de sel dans la soupe ! La Japonaise se suicide dans un lave-vaisselle.* C'était une revue bas-de-gamme, pour maniaques de banlieue. Je n'y avais consciemment prêté attention que le jour où elle avait été interdite, sous la pression du MLF qui jugeait les couvertures avilissantes pour la condition féminine. Victime de la censure, le journal avait reparu sous un autre nom. À l'exception des titres, je n'avais jamais lu cette publication sanguinolente, et il fallut beaucoup de persuasion à Ronald pour me convaincre qu'il s'agissait d'un prestigieux magazine où s'étaient exercés les meilleurs écrivains, et que les intellectuels appréciaient à sa juste valeur.

La rédaction de *Police Magazine* fonctionnait selon un mode rationnel de division du travail. Une équipe d'enquêteurs sillonnait les quatre coins de France à l'affût des faits divers. Dans les faubourgs des grandes villes et jusqu'au moindre chef-lieu de canton, des journalistes fouineurs recueillaient les témoignages des parents, amis, voisins des assassins et des victimes. Ils photographiaient le lieu du crime, suivaient l'évolution des enquêtes de police puis dictaient les informations par téléphone à la rédaction parisienne. Leurs enregistrements sur cassettes étaient alors livrés au travail de transformation accompli par les rewriters, rédacteurs chargés de tirer de la bande magnétique un récit en huit feuillets vivant, rebondissant et pathétique.

Ce travail exigeait une certaine maîtrise de la plume : savoir construire une histoire, mettre en scène, dépeindre des atmosphères sans trahir l'exactitude des faits. Mais une grande partie des rewriters, d'abord amusés par cette littérature policière, sombraient après quelques années dans l'alcoolisme et la dépression. Il fallait continuellement trouver des remplaçants désireux de se vouer à cette tâche peu gratifiante.

Pour l'heure, tout excité par la perspective des dix mille francs, je jappais devant mon camarade, tendant la patte pour me faire battre. Je l'implorais, le suppliais de m'en dire plus, de conclure, de me faire signer sur-le-champ un contrat. Pour une brique par mois, j'aurais vendu mon âme. L'écrivain souriait, maléfique, puis reprit sur un ton autoritaire :

— Note cette adresse et sois là demain, à quinze heures, pour un essai...

Pauvre idiot que j'étais, persuadé qu'on allait, sans le moindre gage, m'offrir une pareille somme. Il fallait faire mes preuves. Me montrer à la hauteur !

Gare Saint-Lazare, train de banlieue. Ça recommence. Jamais, non, jamais je ne serai un grand artiste ! Sinon je ne serais pas là, dans cette foule en transit vers la périphérie. Jamais, lorsque j'avais seize ans, je n'aurais admis que, dix ans plus tard, je puisse être ce corps anonyme, glissant ses piécettes dans la fente pour obtenir le carton jaune qui lui donnera le droit de s'enfoncer parmi les autres, de se noyer dans leur masse puante. J'aurais préféré mourir plutôt que d'avoir à marmonner, pour me distinguer, ce refrain intérieur :

— Je suis quelqu'un, moi ! Je ne suis pas comme vous autres. Je suis un artiste.

Mon voisin de banquette, heureusement, n'entend pas car il ricanerait. Car à cet instant précis, je ne suis rien d'autre que lui, dans le désespoir du wagon de seconde classe. Les professions de l'âme ne fascinent même plus. Chacun s'éclate dans son trip ! L'important est de réussir, d'être un gagnant, un battant, qu'on soit journaliste, peintre, écrivain ou comptable. Et d'une certaine manière, cet employé sportif, équilibré a mieux réussi que moi. Il dispose d'un pavillon et du treizième mois. Il écoute les Pink Floyd en concert et va à l'opéra une fois par an. Il lit beaucoup de BD. L'hiver, il passe huit jours à la neige. Il a deux autos, deux télés, deux frigos...

Le train de banlieue s'enfonce dans la première périphérie de la ville. Ultime souvenir des faubourgs d'autrefois, cette zone intermédiaire, hachée par le boulevard périphérique, a résisté mieux que d'autres à l'assaut de la modernisation. La « petite couronne » conserve, par endroits, un sordide célinien. Vieux quartiers d'immeubles noirs, anciennes zones industrieuses d'ateliers où les automobiles ont vu le jour, il y a très longtemps. Ici ou là, de frais pâtés d'immeubles, posés sur les décombres, font fuir le résidu du peuple un peu plus loin encore, un peu plus près de nulle part.

Descente à la deuxième station. Levallois-Clichy. Je remonte le quai vers l'ouest, comme on me l'a recommandé au téléphone. Je descends un escalier, traverse un souterrain pisseux, oublié par la SNCF. Dehors, à Levallois, Clichy, je ne sais plus, la pluie noire recommence à tomber. Des autos mugissent dans la fumée et les flaques d'eau. Jour de printemps ordinaire en basse banlieue. J'attends que l'averse cesse pour m'égarer dans les rues, à la recherche du bâtiment indiqué. Plusieurs fois, j'entre dans un café pour me renseigner. Des alcoolos, le nez dans leur verre de rouge, me répondent « par ci » ; d'autres affirment « par là ». Je finis par me perdre dans les ruelles crasseuses.

Je longe un entrepôt de viande ouvert sur la rue. On charge des camions. Des carcasses sanguinolentes de bovins pendent à des crochets, avant d'être saisies par des molosses en blouse blanche. Je tourne à gauche et, soudain, je me trouve face au bâtiment de *Police Magazine*, 89, rue Paul-Vaillant-Couturier. Un fortin hérissé de hauts murs, protégé par un portail blindé, sur lequel je reconnais le nom de la société qui masque l'ignoble revue : *Éditions du Jour Levant*.

Je sonne. Quelques instants plus tard, une petite porte s'entrouvre à côté du portail, et je vois paraître la figure décharnée d'un vieillard en blouse bleue, cheveux blancs décoiffés, pâle, regard soupçonneux :

— Qu'est-ce que vous voulez ?

Sûr de moi, j'explique que j'ai rendez-vous avec

le rédacteur en chef de *Police Magazine*. La bouche du vieillard marque une moue. Il demande mon nom, me prie d'attendre, claque la porte et me laisse à nouveau seul sur ce trottoir hostile où traînent des chômeurs. Je m'impatiente : mon standing mérite quelques égards ! La porte s'ouvre à nouveau et le vigile me fait signe d'entrer. Puis il me guide à travers la cour, jusqu'à l'entrée d'un atelier.

— En haut de l'escalier, premier étage, marmonne le cerbère avant de se replier dans le poste de gardiennage.

Tout en gravissant les marches, je me dis qu'il va falloir assurer ! Que je joue ma carrière, mon avenir. Que dix mille francs par mois ne se présenteront pas une seconde fois. Qu'il vaut mieux rewriter des faits divers que croupir dans les salles de concert. J'ai beau avoir été de gauche, avoir entendu les militants du lycée et de l'université affirmer que la presse à scandale entretient la misère du prolétariat, j'ai toujours considéré avec sympathie les actes choquants. Je trouve donc *Police Magazine* ignoblement poétique, rafraîchissant ; et c'est plein d'enthousiasme que je pénètre dans la salle de rédaction.

La pièce est vaste et sombre. Aux murs sont accrochées de grandes affiches du journal en noir et blanc : une cohorte de femmes en mini-slip, d'hommes blafards traînés menottes aux poings vers des cars de police. Dessins de criminels au moment du crime, regards fous d'assassins figés par la plume, attitudes épouvantées de victimes dans des décors hyperréalistes. Sous les icônes du crime français s'agite une faune nerveuse. Assis devant des claviers de machines à écrire, d'anciens étudiants révolutionnaires pianotent, alignent leur dose hebdomadaire de sang, de sexe et de larmes. Les mauvais hasards de l'existence les ont oubliés à tout jamais dans cette pièce, eux qui tapaient leurs premiers papiers quinze ans plus tôt, gavés d'ironie et d'ambition, persuadés de reprendre le sillage des écrivains aventuriers. Ils se sont éteints petit à petit, écrasés par la prose, et se traînent à présent entre le bureau et la crise de mélancolie, écrivant et réécrivant la même tragédie du pays profond.

En entrant, je perçois quelques grimaces peu amènes à mon égard, des coups d'œil agressifs envers l'inconnu susceptible de piquer une place. Intimidé, je repère un homme corpulent, plus à son aise, trônant au bureau central sur lequel sont posés trois téléphones. Sa gueule de flic voyou le rend plus abordable que les autres. Spontanément, je m'approche et me présente :

— Bonjour… J'ai rendez-vous pour un essai de rewriting.

Un tremblement dans la voix, j'ai peur de mal prononcer le mot clé et bafouille successivement : « rirailletigne », « revrailletigne ». Puis, dans une dernière hésitation, songeant qu'il vaut peut-être mieux parler français, je conclus d'une voix très faible :

— Enfin, je veux dire, réécriture.

L'homme me dévisage et répond :

— O.K., je suis au courant... Je vais vous donner une cassette et un magnéto. Allez décrypter la bande dans le bureau du fond. Vous serez tranquille. Et rapportez-moi le papier dimanche avant dix-huit heures.

Décrypter... magnéto... papier... Soucieux de paraître professionnel, j'acquiesce et me dirige vers le cagibi, muni du matériel fourni par mon interlocuteur. Traversant la salle de rédaction, je croise le regard d'une femme vieillissante qui fume des cigarettes devant sa machine à traitement de texte. Vêtue d'une longue robe indienne, les yeux fixés sur moi, elle sourit gentiment et son regard protecteur me fait oublier l'hostilité ambiante.

Je m'enferme dans la petite pièce vitrée. Je pose le magnétophone sur la table. Muni d'un stylo et de feuilles blanches, j'insère dans l'appareil la cassette usagée, sur laquelle un titre est griffonné au feutre : *Affaire Da Silva.* Je recopie scrupuleusement en haut de la première page : « Affaire Da Silva ». Puis j'enclenche le magnétophone et me livre au pénible recopiage des informations, rassemblées sur le terrain par l'enquêteur.

L'homme parle. Il décrit un quartier HLM de la banlieue de Besançon, préfecture du Doubs. Une fille d'ouvrier qui rêve de devenir chanteuse tombe amoureuse d'un travailleur portugais, père de famille. Sandra sèche l'école pour retrouver son amant. Leur passion finit mal. À l'issue d'une nuit d'amour, le Portugais tue sa jeune maîtresse d'un coup de fusil. Fin tragique d'une adolescente des années quatre-vingt, qui aurait pu devenir caissière au supermarché de la cité. L'enquêteur, scrupuleux, s'est rendu chez les parents de la victime quelques heures après le drame. Il a envoyé par télécopie les photos des protagonistes : la fillette en train de chanter le dernier tube de Michael Jackson, sur le micro que ses parents lui avaient offert pour Noël ; la gueule d'assassin fixée par l'identité judiciaire.

Je suis en plein labeur, une main sur les touches du magnétophone, avançant, reculant, revenant au début d'une phrase incomplètement notée. De l'autre main je transcris fidèlement le contenu de la bande. Régulièrement, je sors la cassette du magnétophone pour évaluer la longueur de bande qui reste à déchiffrer. Soudain, la femme en robe indienne qui me dévisageait tout à l'heure pousse la porte du petit bureau. Veut-elle m'aider ? Sans prêter attention à mon travail, elle s'installe à la table voisine, décroche le téléphone et compose un numéro…

Son intrusion me déconcentre dans une besogne fastidieuse. Agacé, je m'agite en bougonnant pour faire comprendre à l'intruse que je me suis isolé volontairement. J'aimerais rester seul jusqu'à l'accomplissement de ma tâche. Elle ne réagit pas et entame à voix forte avec son interlocuteur une longue conversation où il est question d'enfants, de mari, de week-end, de Sécurité sociale, d'indemnités de chômage, de calmants.

Empêtré dans mon décryptage, je ne parviens plus à saisir un mot de l'enquête. Les propos du journaliste s'emmêlent avec ceux de la femme qui me regarde fixement, tout en parlant au téléphone. Elle me voit avancer, reculer de plus en plus maladroitement sur le magnéto... La conversation s'éternise, et je finis par intervenir :

— Pardonnez-moi ! Mais je suis en train de décrypter cette cassette. Alors, si quelqu'un parle en même temps...

Sans répondre, la femme prend une expression étonnée, puis dit à son correspondant :

— Excuse-moi, faut que je te laisse.

Elle raccroche et sort du bureau en prononçant sèchement :

— Faudra vous habituer !

Je fus engagé.

Pendant plusieurs mois, je rédigeai chaque semaine pour *Police Magazine* un fait divers. Appliqué, j'éprouvais la satisfaction du travail bien fait, et même une certaine joie lorsque les criminels faisaient preuve d'imagination. Je me sentais poète, peintre d'authentiques tableaux de la vie contemporaine. Trop souvent, il fallait mettre en scène de sordides viols de bébés, de banals meurtres par jalousie. Le jeu des bons sentiments devenait alors pesant et je peinais sur le clavier. Je m'interrogeais sur l'utilité de mon existence, sur ce gaspillage d'énergie créatrice, destiné simplement à me nourrir, à me vêtir, à recommencer chaque jour, pour mourir un jour.

Au bout de six mois, je discernai les premiers symptômes de dépression : insomnie, anorexie. La rédactrice à robe indienne devenait gentille. Elle m'adoptait mais je tenais bon. Les signes de mon délabrement mental restaient dissimulés par un continuel effort pour avoir l'air normal, heureux, dynamique.

Un après-midi, comme je passais au journal chercher ma cassette hebdomadaire, le rédacteur en chef adjoint m'appela dans son bureau. Noyé entre les piles de dossiers, ce petit rat relisait tous les papiers du journal. Nous parlions rarement. Cigarette au bec, il donnait quelques conseils. Jusqu'à présent, il ne m'avait fait que des compliments. Aujourd'hui, l'air mécontent, il releva ses yeux brillants. D'une voix impitoyable, il me reprocha :

— Pas terrible, votre dernier papier ! Si ça s'améliore pas, je pourrai pas vous garder. Faut faire un effort, mon vieux ! Vos premiers textes étaient bons, je ne comprends pas !

Toujours la même histoire. Après la flatterie, il faut qu'un petit chef distribue des coups de bâton ; qu'il accable son employé pour renforcer son emprise. Je savais que mon dernier papier n'était pas moins bon que les précédents. Il l'avait probablement lu en pensant à autre chose et s'était saisi de l'occasion pour passer une mauvaise humeur. Je promis toutefois de réagir et quittai le journal assez déprimé.

De retour chez moi, dans un état d'hébétude avancée, je décidai de me donner un peu de plaisir pour oublier tant de déplaisir. J'étalai sur mon lit quelques revues pornographiques et commençai à m'agiter entièrement nu. Le plaisir montait peu à peu, quand le téléphone sonna. Agacé par cette interruption à l'approche de l'orgasme, je décrochai d'une main sans lâcher mon sexe de l'autre.

— Bonjour, je me présente : je dirige la rédaction du magazine *Homme*. Un ami commun, le romancier Ronald M., m'a parlé de vous. Il dit que vous écrivez d'excellents papiers. Je suis à la recherche de journalistes capables de faire du grand reportage, avec de la personnalité ! Cela vous intéresserait de travailler pour nous ? Je ne vous cache pas que nous payons beaucoup mieux que *Police Magazine*. Passez me voir au bureau, nous discuterons…

Mon érection retomba net. Reportages ? Argent ? Personnalité ? Et cette femme avait, en plus, la courtoisie de me prier ! Le ciel ne m'avait pas oublié !

Attrapant d'une main ma chemise et ma cravate, je commençai à me rhabiller en bafouillant :

— Volontiers ! Avec plaisir... Quand ? À quel endroit ? Je serai là, bien entendu !

Toujours très protocolaire, la rédactrice en chef me proposa un rendez-vous le lendemain en début d'après-midi.

C'est ainsi que je débarquai, en ce jour annonciateur d'une période radieuse de mon existence, à la rédaction du très smart magazine *Homme*, dans un joli bâtiment au fond d'une cour verdoyante du 9e arrondissement. Dans le vestibule patientaient, sur une banquette de cuir, trois cover-girls montées à Paris en vue d'une carrière dans le show-biz. Quoi de plus chic, pour se faire connaître, que de poser dans les pages déshabillées d'un magazine de charme ? Vêtu de mon trois-pièces gris râpé — que je tenais pour le comble de l'élégance —, je m'adressai à la réceptionniste qui m'annonça puis m'invita à entrer. Enfin un rendez-vous où l'on ne me faisait pas attendre une demi-heure.

Je pénétrai dans un local clair, baigné de musique douce, où une dizaine de journalistes concoctaient le prochain numéro. L'ambiance était détendue. Les employés lisaient, somnolaient, téléphonaient. Le directeur artistique, une planche de négatifs en main, traversa le bureau en criant triomphalement :

— On tient la plus belle fille de l'année !

Je demandai à un rédacteur où se trouvait la rédactrice en chef. On m'indiqua la porte entrouverte du bureau voisin. Je frappai, tout en passant la tête dans l'entrebâillement. Assise derrière sa table, une assez jeune femme à lunettes corrigeait des textes. M'apercevant, elle releva les yeux et me fit signe d'approcher, sans pouvoir contenir un ricanement :

— C'est vous ?

Pourquoi ai-je toujours l'air ridicule dans les moments importants ? Je manquai de m'étaler sur une pile de revues entassées par terre et atterris de justesse sur le fauteuil du visiteur, face à mon interlocutrice :

— Je suis contente de vous connaître ! affirma-t-elle.

Elle me parla immédiatement de *Police Magazine*, où elle avait travaillé, elle aussi.

— C'est la meilleure école, précisa-t-elle. Mais dites-moi, en dehors du fait divers, quels sont vos domaines de prédilection ?

Redoutant l'erreur tactique, je me demandai s'il était judicieux de révéler ma spécialité musicale. Pour la responsable d'un magazine dans le vent, consacré aux plaisirs de l'homme moderne, l'opéra appartenait probablement à une autre ère. Considérant que je n'avais pas d'autre référence, je contournai la difficulté :

— J'ai travaillé pour un grand magazine féminin, *Marie-José*...

À ce nom, mon interlocutrice fit une grimace. Catastrophé, je repris :

— En fait, je n'aimais pas beaucoup...

— Moi non plus ! renchérit-elle.

Inquiet, mais courageux, je poursuivis :

— Je faisais des portraits de musiciens classiques. C'est un peu ma spécialité. J'écris régulièrement dans la *Gazette musicale*...

À ce deuxième nom, les yeux de la femme s'illuminèrent. Attrapant ma parole au bond, elle s'excita :

— Ah ! la *Gazette musicale* ! Quelle chance vous avez... Je suis passionnée de bel canto. Je tiens moi-même une petite rubrique de musique classique dans *Homme*. Évidemment, je ne suis pas une spécialiste comme vous ! Que pensez-vous de Carlo Bergonzi ?

S'ensuivit une longue conversation sur les chanteurs, qui acheva de mettre la jeune femme en confiance. J'étais adopté.

Après la musique, elle me parla peinture, poésie, littérature. Il fut question de Debussy, Monet, Proust. Dans une soudaine inspiration, je proposai un reportage sur les hauts lieux de la « Belle Époque », les stations balnéaires du temps perdu. Aller voir ce que sont devenus les villas, les casinos... Intéressée, la rédactrice en chef me suggéra d'élargir le sujet, en confrontant le passé au présent : les plages d'autrefois et les plaisirs modernes ; des villégiatures aux parcs de loisirs... Peu à peu, le sujet prit forme. Au bout d'une heure l'affaire était conclue :

— Je donne tout de suite un ordre à la comptabilité pour qu'ils vous fassent une avance. Vous avez deux mois devant vous. Si vous avez le moindre problème, appelez-moi !

II

1975. Je plonge la tête dans l'électrophone. Mon premier électrophone. Un engin des années cinquante, trouvé dans le grenier de ma grand-mère. Nous ne sommes pas, dans ma famille, des gens modernes. Nous ne disposons pas de la désormais-indispensable-chaîne-hifi. Nous avons vécu néanmoins, dans le passé, des heures fastes et mes grands-parents, à l'époque, se sont équipés d'excellents appareillages, telle cette antique boîte en bois.

Mû par une bêtise maniaque, luttant pour la rénovation du pick-up, je m'emploie en cette année 1975 à le détruire, morceau après morceau. Par tous les moyens, peinture, démontages, remontages, je voudrais donner une apparence de chaîne stéréo 1975 à cette antiquité d'après-guerre. Guidé par une foi aveugle dans le progrès, je mutile ce bijou de marqueterie, je trafique l'amplificateur à lampes et les haut-parleurs puissants. Il tiennent bon.

À quinze ans, je bois du rock. La tête posée sur

un coussin, dans le coffre où j'ai vissé les haut-parleurs de l'électrophone, la tête dans le noir au cœur du son, j'écoute la mélodie obsessionnelle de *Light My Fire* chantée par Jim Morrison. Je suis fou des Doors, qui incarnent mon rêve d'adolescent ordinaire. Je suis fasciné par cette mélodie en trois accords, dont la force ne repose pas sur la complication d'écriture, mais sur la couleur envoûtante des guitares et du clavier. L'orgue des Doors a les teintes d'un limonaire. À la rengaine émouvante de la voix et des instruments, j'associe l'idée d'une vie plus exaltante. Pour nous autres, lycéens livrés au morne quotidien de la Ve République, les Doors sont le signe d'une vie plus intense. La mélodie écoutée cent fois insuffle une passion rageuse à nos existences de Français moyens, grandissant dans une ville de province, dans un collège religieux minable. Dans les capitales, Paris ou Londres, le rock est déjà un phénomène *branché*. Dans les villes d'Angleterre où il est né, comme dans la cité normande où je vis, cette musique trace, au-delà des distances géographiques, une communauté de résistance contre l'ennui général. Elle substitue à l'antique conflit des nations un conflit universel des générations. Elle cristallise l'espoir d'une existence héroïque.

La mélodie d'orgue de *Light My Fire* se déroule d'abord en mode majeur. D'une couleur presque guillerette, ce pourrait être un chant traditionnel du folklore irlandais. Mais l'accompagnement de batterie, le décalage entre la légèreté du thème et la lourdeur de la rythmique donnent à l'ensemble une couleur grinçante dans laquelle s'enracine la voix chaude de Morrison. Dans la deuxième partie du morceau intervient le fameux chorus d'orgue que j'écoute inlassablement. Le ton majeur devient mineur, et la mélodie occidentale prend des teintes orientales, proches de la musique répétitive. Une façon de tourner et retourner sur le thème, de l'orner progressivement, de le réexposer chaque fois, de le faire attendre, de le rendre nécessaire et insupportable, sans jamais rompre avec l'accompagnement obstiné… Dans cet appel physique d'un motif musical, le jeu de la tension et de la détente est poussé au paroxysme, jusqu'à l'obsession.

À quinze ans j'aime *Light My Fire*, mais aussi *Sympathy for the Devil* des Rolling Stones, ou l'énergie « hard » de Led Zeppelin. Ici, le gras d'une ligne de basse, nourrie par les guitares et la batterie, constitue l'unique armature du morceau, en contrepoint subtil avec la voix du chanteur. Le rock est un métier de la couleur. Sur une pulsation forte, une harmonie simple, l'*arrangement* est la clé du genre : arrangement psychologique des membres du groupe, arrangement des différentes parties musicales, arrangement d'un *son*… Le résultat est souvent lourd, banal. Il arrive pourtant que, d'une combinaison imaginative, émerge pendant quelque temps un véritable « talent collectif ».

La tête dans l'électrophone, je découvre le rock (on parle alors de musique « pop ») avec l'enthousiasme béat de millions d'individus de mon âge. Comme eux, en moulant mon goût sur celui de toute la planète, j'ai le sentiment paradoxal de faire preuve d'originalité. La participation à ce phénomène, médiatiquement amplifié par les magazines, m'oppose à mes parents dans une version familiale de la lutte des Anciens et des Modernes. Revendiquant avec arrogance les nouveaux stéréotypes internationaux, j'écrase de mon dédain ceux de la bourgeoisie en voie de disparition. Je suis en rupture avec l'ordre établi. J'ignore que, par là même, je signe un acte d'adhésion à l'ordre nouveau.

L'essor d'une musique populaire universelle, avec son foisonnement de talents, participe à la lente uniformisation du globe. Hits et clips se répandent, relayés par les tubes cathodiques. Un fond sonore identique se répète, des boulevards de Los Angeles à la dernière baraque du tiers monde. Les studios d'enregistrement de New York, Hong-Kong, Londres ou Paris produisent simultanément les mêmes tubes. Les couleurs locales font place à cette Amérique imaginaire où se reconnaît l'homme moderne. Après avoir affolé quelques politiciens paternalistes, la « crise de la jeunesse » est devenue une composante de l'organisation, intégrée aux circuits du marché et canalisée par eux. Le communisme réprimait toute contestation. Le capitalisme la met en scène. Il s'en nourrit.

Le rock des années 1960-1970 s'opposait grossièrement à la « société de consommation ». Musique naïve, il s'efforçait de retarder l'entrée dans le rang des jeunes générations. La new wave des années quatre-vingt aura encore quelques vertus subversives, en parodiant l'homme moderne au lieu de le vilipender ; Talking Heads, Devo, B52 puisent aux bonnes sources de la musique de danse ; John Lydon ou les Stranglers renouvellent l'esprit underground... Malgré quelques lueurs, le mauvais esprit de la musique blanche semble avoir atteint ses limites. Il fait place, pour l'essentiel, à l'inlassable répétition de poncifs de révolte inoffensive, à l'usage des grands magasins. Le quinquagénaire Mick Jagger à Prague, tirant la langue à Staline au cœur de l'Europe de l'Est passée à l'Ouest, incarne le conformisme triomphant. Divisé comme les marques d'une fabrique de lessive en courants, pseudo-identités, répondant à des stéréotypes sociaux et sonores (hard, punk, new wave, progressive, heavy metal...), le rock appartient au show quotidien de l'internationale démocratique, parvenue au stade de l'autosatisfaction béate.

1977. Âgé de dix-sept ans, muni de mon baccalauréat, je pars étudier la musicologie à Rouen.

La « ville aux cent clochers », « pot de chambre de la Normandie », est un vestige du Moyen Âge excessivement pollué, gris, pluvieux. Je n'aime pas cette cité, où je vis pauvrement de la pension que me versent mes parents. Le soir je me promène dans les ruelles, sous les maisons à colombages qui bordent d'innombrables monuments gothiques. Je rêve d'une vie noctambule, de sensations fortes. Mais Rouen n'est qu'une triste et laborieuse préfecture où les lampes s'éteignent après le film du soir ; une belle cité d'autrefois, trop ancienne et pleine d'idiots. Dans le vieux quartier où je demeure, une poignée de familles se reproduit depuis la nuit des temps en cercle fermé. Les uns sont débiles légers, les autres boiteux. Ils tiennent des épiceries sales, des bistrots sordides. Les fils sont proxénètes, les filles prostituées. Cet îlot de maisons branlantes est promis à la rénovation.

Faculté des lettres. Institut de musicologie... Aurai-je le courage de raviver ces déplorables souvenirs ? Un grand ensemble hâtivement bâti sur les hauteurs de la ville dans les années soixante, qui déjà se lézarde. Traînent sur les pelouses du campus et dans les couloirs de l'université de tristes jeunes gens lunetteux, boutonneux, moustachus, ahuris, très différents de la jeunesse fraîche que présente la publicité télévisée. Une jeunesse réelle, nullement affriolante, déjà résignée, prête pour la reproduction.

Quelques mois plus tôt, je me battais contre ma

famille pour imposer mon CHOIX : celui de devenir ARTISTE. Je renonçais à l'honnête carrière prévue pour moi. Je serais musicologue, musicien, compositeur ! Pour calmer l'angoisse de mes géniteurs, je traçais à grands traits mon ascension facile et brillante : j'écrirais dans les journaux, je parlerais à la radio, j'enseignerais dans les universités... Ma décision était prise. Adieu l'enfance ! Adieu la résignation des familles déclinantes. Je ranimerais le flambeau des ancêtres !

Quittant mes parents affolés, un soir, sur le quai de la gare de ma ville natale, je plonge dans l'enfer minable de la vie étudiante. Sous les ruines rouennaises, l'ampleur de la désillusion égale rapidement celle de l'ambition. Je rêvais d'un milieu bohème. Mais l'Institut de musicologie comme le Conservatoire sont peuplés de créatures échouées là parce qu'elles n'ont pas réussi dans les études normales. Des chargés de cours récitent sans flamme des chapitres d'histoire de la musique. Les étudiants recopient laborieusement sur leurs cahiers des énoncés encyclopédiques.

Pour oublier Rouen, je demeure deux années enfermé dans ma chambre humide, au rez-de-chaussée d'une maison envahie par les rats. Je rêve de m'enfuir, de rejoindre la capitale qui m'attend, se languit de moi. Pendant deux ans pourtant, une conscience professionnelle précoce me retient dans cette ville où je passe mes examens et cultive la solitude. Je bois des bières, je mange du riz, je fume de l'herbe. J'écoute et je compose énormément de musique. J'emprunte des disques dans les discothèques. Je déchiffre des traités, animé par une passion violente, presque exclusive, pour la « musique contemporaine ».

La *modernité* me fascine. Isolé, je me réfugie dans ce rêve d'audace. Les théories « historiques-progressistes » (comme dit Stravinski en ironisant) excitent mon esprit épris de logique. Je vois les artistes comme des conquérants solitaires tendus vers le futur, apportant leur pierre à un édifice qui les dépasse. La modernité est le moteur du temps, la porte d'accès à l'immortalité. La « musique de l'avenir » est ma religion. Je substitue au culte de la beauté celui de la novation. Bach est *moderne*, Mozart est *moderne*, Debussy est *moderne*. Je serai moi-même un *avant-gardiste*...

Les principes de mon Église sont rudimentaires, bien qu'enveloppés d'un brouillard de concepts.

1) Tout compositeur qui n'annonce pas les *conquêtes sonores* de la génération suivante est inutile.

2) La musique de l'avenir sera élaborée par des équipes d'ingénieurs et de compositeurs.

3) Il faut *éduquer* le public dans des centres pédagogiques spécialisés.

Etc.

Séduit par ces théories de science-fiction, guidé par la plume de journalistes fanatiques, je découvre une poignée de compositeurs censés incarner l'authentique « modernité ». J'écoute Stockhausen, Nono, Berio, Boulez, Xenakis, Ligeti... Cruelle déception. Ce brouhaha plus crispant que choquant, ces sonorités monotones ne m'apportent pas la révélation attendue. Il faut souffrir pour être moderne. Acharné, courageux, réécoutant cent fois chaque morceau, je finis par discerner d'éphémères beautés qui m'avaient d'abord échappé. À force d'être répétées, martelées, intériorisées, les variations les plus ternes prennent un certain relief. C'est la récompense d'un effort : trois notes bien agencées qu'on parvient à accrocher au milieu du magma. Une sorte de plaisir moral (catholique ? sado-maso ?), ancré dans le fantasme exaltant de l'avenir.

À ma table de travail, j'écris de la musique postsérielle. Muni d'une règle à calcul et de papier millimétré, j'aligne méthodiquement les séries de trois, six ou douze notes sous leurs formes variées : miroir, renversement, renversement du miroir... Ce langage ésotérique me fascine. Déduisant du nombre d'or les rythmes, timbres, dynamiques, je construis des œuvres entièrement conceptuelles, des « musiques en projet » calculées de la première à la dernière note.

Inscrit au cours de composition du Conservatoire, je remets ces esquisses à mon professeur, bon musicien formé à l'ancienne avant de s'engager dans la révolution webernienne. Mes partitions lui plaisent, ce qui me surprend de la part d'un professionnel. Je remporte un concours. Le morceau primé n'est pas joué et je n'ai aucune idée de la façon dont il sonne. Qu'importe. La musique est-elle faite pour être jouée ?

Dans des moments d'égarement, le désir instinctif d'un art plus *entendu* vient perturber mes recherches. Improvisant au clavier, je rêve de découvrir des sensations musicales, je m'abandonne au plaisir physique du son. À force d'écouter des disques contemporains, je comprends que les meilleurs passages de ces œuvres contournent presque toujours le règlement. Berio, Ligeti, Stockhausen recourent discrètement aux procédés traditionnels : rythmes pulsés, harmonies stables, repères mélodiques… L'illusion d'une belle musique contemporaine correspond très exactement à l'abandon des préceptes de la musique contemporaine. Bizarre.

Mauvais élève, traître dans l'âme, je ne parviens pas à négliger un besoin vital de volupté sonore, de mouvement rythmique. Les musiques conceptuelles commencent à m'ennuyer. Je m'avoue que les manuels sont illisibles. Bien qu'il se réfère à de grands penseurs, Boulez est horriblement ennuyeux, pathologiquement organisé. Il faut sortir de cette existence poussiéreuse qui mène de ma chambre au Conservatoire, des concerts de musique contemporaine aux stages de musique contemporaine. La vie est ailleurs. Sur les couvertures des magazines branchés fleurissent des modes plus excitantes. Je vais écouter dans les faubourgs rouennais les groupes punks locaux, les Olivensteins, les Dogs. Cette stupide musique à deux temps est, somme toute, plus vivante, plus *moderne* que les incontinences molles des avant-gardistes officiels.

Je découvre John Coltrane. J'entends en concert des musiciens de free jazz : Archie Shepp, Don Cherry, Anthony Braxton, Cecil Taylor... Leur goût du chaos sonore rappelle les compositeurs d'avant-garde. Mais dans ce genre, la rage des improvisateurs est infiniment plus efficace que les calculs des chercheurs. L'écriture trop complexe de la « musique contemporaine » paralyse toute expression. Les jazzmen inventent en jouant ce que les classiques rêvent de trouver par la plume...

Un soir de juin, je me promène dans la ville. La nuit tombe. Marchant au hasard, je suis attiré par les amplificateurs d'un concert. Une pulsation de tambour roule à travers les rues. Il fait chaud. La ville ne peut pas dormir. Au milieu d'une place, sur la grande scène, dans un nuage de fumée multicolore, sont rassemblés des musiciens, des acteurs, des danseurs. C'est un spectacle sauvage, illuminé par d'extraordinaires solos. Le batteur-pianiste-accordéoniste se nomme Bernard Lubat. Un flot de musique, de cris, de larmes. Quelqu'un, dans la foule, dit que Lubat a joué avec Stan Getz, Eddy Louiss, Claude Nougaro... Ce que j'entends est bien plus rare. Un swing haletant et destructeur. D'autres musiciens, affublés de déguisements, soufflent dans des instruments. Ce chaos visuel et sonore est dominé par une créature mythologique, un énorme chanteur, acteur, provocateur, vêtu d'un survêtement et d'un blouson de cuir. Dialoguant avec la batterie de Lubat, affublé de lunettes noires, ce fabuleux personnage chante le blues tragicomique de la France profonde. Il hurle de fausses chansons et joue d'étranges comptines. Il fait rire le public et, pour le punir, lui fait peur. Il s'appelle Norbert Letheule. Il est fort, méchant, drôle, émouvant, invraisemblable.

Pendant un an, je vais suivre à travers la France les concerts de la Compagnie Lubat, entendre des foisonnements de musique perdue, des improvisations dont il ne reste rien, pas un disque, pas une image. Rien que la mémoire d'instants magiques ; les bouleversements qu'ils ont entraînés sur ceux qui étaient là.

III

Août 1987. Je suis en reportage pour le magazine *Homme*. Quarante degrés dans l'autocar. Le véhicule soulève un nuage de poussière, parmi les marais où flottent des nappes d'huile et des oiseaux sauvages. Nous longeons des hectares de campings séparés par des barbelés, des zones industrielles, des villages de vacances… À un carrefour, le chauffeur freine et me fait signe :

— Vous êtes arrivé.

Je descends le marchepied, muni de mes bagages.

— Tout de suite après la décharge, prenez le chemin des dunes ! crie le pilote, avant de redémarrer dans un tintamarre de ferraille cabossée par les itinéraires de province.

Au bord de la route se dresse un lotissement, derrière lequel j'aperçois effectivement de hautes dunes de sable. Suivant les conseils du conducteur, je traverse à pied cet ensemble de maisons à un étage. Dans le silence lourd de l'été, sous les entrelacs de lignes électriques et téléphoniques, retentissent les voix d'un poste de télévision. *Starsky et Hutch.* Je croise une femme à moitié nue, errant sur la chaussée brûlante, un casque de walkman enfoncé sur la tête. Après la dernière demeure s'entassent des sacs-poubelle au bord d'un étang. L'air dégage une odeur saumâtre de pourriture. Est-ce cela, la France ? Cette banlieue dans la nature ?

M'éloignant du lotissement, je trouve le présumé raccourci en direction de la mer. Un chemin serpente entre les monticules de sable. Quelle idée ai-je eue de retenir dans cet hôtel éloigné, simplement parce que le guide touristique précisait « les pieds dans l'eau » ! Je marche encore, mais aucune bâtisse ne se dissimule derrière la première dune. Et des dunes plus hautes forment à présent un désert de sable qui masque toute civilisation. Je suis en nage.

Depuis près d'une demi-heure, j'avance sous le soleil écrasant. Ma valise commence à peser très lourd. Ce gaspillage d'énergie et de temps ne parvient pourtant pas à effacer ma bonne humeur. Depuis quelques jours, j'imagine ce rivage où me conduit l'enquête. Station au nom charmant : Palavec-sur-Mer. Nom d'autrefois, pétri de souvenirs romanesques avec ses hôtels, son casino, ses villas entourées de pins maritimes. Il fait chaud, trop chaud, mais je sais le rêve prêt à s'accomplir. À chaque pas, tiré par mon bagage, je m'enlise dans le sable qui ralentit considérablement l'allure. Des grains s'immiscent dans mes chaussettes. Mû par une énergie supérieure, j'ai cependant le sentiment de me diriger vers ce monde accueillant où mon reportage va prendre corps. Je dénoue mon nœud de cravate et entrouvre ma chemise blanche, sûr que le paradis n'est plus loin.

Les dunes sur lesquelles poussent quelques plantes grasses masquent toujours la vision sublime, quand mes oreilles discernent une rumeur. D'abord quelques gloussements humains perdus dans l'espace puis, peu à peu, une masse sourde, un bruit de fond très dense, recelant une multitude de cris et de rires. Suis-je arrivé ? Quel site pittoresque, quel divertissement folklorique masquent les monticules ? J'escalade la plus haute butte pour faire le point. Mes jambes plongent jusqu'aux mollets dans la masse molle et dorée. Je remarque, semées entre les plantes, quelques bouteilles en plastique, Fanta, Coca-Cola, fleurs inattendues du désert côtier. Après un dernier effort, je vois enfin la mer grandir au loin ; d'abord une mince ligne tracée entre le sable et le ciel, puis une immense étendue nuancée où sont posées, pour le plaisir des yeux, quelques voiles multicolores.

L'extase ne dure qu'un instant car un vacarme puissant monte à nouveau du rivage. Je distingue à présent les principales émissions sonores : musiques diffusées par des postes de radio, cris de sportifs en train de jouer au ballon, hurlements de bébés ponctués par un refrain incantatoire, dans lequel il est question d'esquimaux et de boissons fraîches. Plage ? Camping ? Le littoral demeure entièrement masqué par les buissons épineux. Ayant posé un instant ma valise et repris mon souffle, j'envoie promener d'un coup de pied une boîte de bière. Elle retombe un peu plus loin sur une membrane transparente, poche de latex froissée et déformée d'où s'échappe une liqueur blanchâtre. Mon esprit doute, puis se résigne. Il s'agit d'une capote anglaise.

L'oreille aux aguets, je distingue un froissement dans les ajoncs. Je sursaute et dirige mon regard dans la direction suspecte. Quelque chose s'agite dans les branchages. Le bruit redouble. Les épines d'un arbuste frémissent, me révélant enfin cet étrange spectacle : un homme d'une quarantaine d'années entièrement nu, légèrement bedonnant, apparaît entre les arbustes et s'immobilise devant moi. Corps frêle, visage vieillissant orné d'une petite moustache, il s'épanouit dans les feuilles comme une créature mythologique, et me contemple fixement d'un sourire équivoque. Sa peau couverte de coups de soleil est légèrement velue. Un sexe blanc tordu, de taille moyenne, pointe sous son ventre dans une demi-érection. Le prépuce replié laisse apparaître la ronde rougeur du gland.

Je demeure paralysé par la vision de cet aborigène dont rien n'indique à première vue qu'il appartienne au monde civilisé. J'ignorais qu'il subsistait en France des tribus reculées. Les dunes sauvages s'accordent, certes, parfaitement à une scène préhistorico-zoologique, mais le tintamarre des radios, un peu plus bas, rend cette supposition irréaliste. Jambes arquées, corps trapu, l'homme s'exhibe devant moi avec un naturel forcé. Sa nudité a quelque chose de déplacé, de trop urbain, et je ne puis m'empêcher de le vêtir mentalement d'un costume d'employé des postes.

Après s'être immobilisé un instant, le monsieur se remet en mouvement et s'approche de moi en se dandinant des hanches, sans manifester ni effroi ni hostilité. Ses gestes lents, son corps rachitique ne semblent pas présenter une menace sérieuse. Le sourire accroché aux lèvres, il tourne à présent sa langue autour de sa bouche, avec une avidité dont j'entrevois la signification sexuelle. Prudent, je dévie de sa trajectoire et détourne le regard, de façon à lui faire comprendre que j'entends poursuivre tranquillement mon chemin. Puis, songeant qu'il est plus simple d'exposer les raisons de ma présence en ce lieu, je demande d'une voix ferme :

— Pourriez-vous m'indiquer l'hôtel d'Amérique ?

À ces mots, le visage de la créature se fige. Après un instant d'étonnement, sa bouche humide s'ouvre largement pour pousser un gloussement moqueur. Tout en éclatant de rire, l'aborigène se met à courir en agitant ses petites fesses poilues, et disparaît entre les branches d'un autre fourré. À nouveau seul sur la dune, je mentionne scrupuleusement sur mon carnet cette surprenante apparition. Puis, impatient de descendre sur le rivage, je piétine les déchets de plus en plus nombreux qui jonchent le chemin…

— Tu viens faire un tour de vélo avec moi ?

L'injonction prononcée par une voix rauque me fait à nouveau dresser le cou. Près des buissons, à une dizaine de mètres, un autre nudiste déambule sur la colline de sable. Pédalant sur un vélo tout-terrain, il escalade et dévale lentement les bosses. Sensiblement du même âge que le précédent, il est complètement chauve, affublé lui aussi d'une moustache noire et vêtu, en tout et pour tout, d'une paire de lunettes de soleil. Longue verge pendante, testicules tassés sur la selle, il enfourche et actionne sa bicyclette neuve, nickelée, chromée, lubrifiée. Poussant les chevilles sur le pédalier, ralenti par le sol incertain, il s'approche de moi et me scrute de la tête aux pieds. Comme je le considère niaisement, il se renfrogne et s'engouffre dans le fourré où son prédécesseur s'est enfoncé.

Enfin je descends les derniers mètres du sentier qui débouche entre deux dunes au-dessus de la plage.

Dire que le rivage est « noir de monde » rendrait une impression imparfaite du magma humain qui s'étale sous mes yeux. Alignés en longues rangées de plusieurs kilomètres, des milliers de corps sont méthodiquement disposés sur le sol l'un contre l'autre, séparés par d'étroits interstices de sable. Il y a là des femmes, des hommes, des enfants, des vieillards, tous entièrement nus, tous offrant à l'astre solaire l'intégralité de leur corps de face ou de dos. C'est une brochette humaine, un indigeste alignement de viandes rôties, roussies, graisseuses, disposées sur leurs serviettes de bain comme des canapés sur le plateau d'un cocktail. La plage exhale une puissante odeur de crème à bronzer. La mer semble réduite à la fonction d'énorme baignoire où s'agitent des bras, des seins, des zizis. De temps à autre, un corps se lève et va faire trempette avant de rejoindre son emplacement, où il s'enduit à nouveau de laits et d'Ambre Solaire.

À quelques centaines de mètres, se dresse un bunker en béton où flotte le drapeau étoilé de l'hôtel d'Amérique. Beaucoup plus loin, entourés de tours et d'immeubles, se serrent au bord de l'eau les bâtiments du vieux Palavec.

Pour arriver là-bas, il faut traverser le camp de nudistes. Intimidé, je décide de me montrer détendu. Mais lorsque je m'engage sur le plat, muni de ma valises, à quelques mètres des premiers corps, une cinquantaine de regards se soulèvent des serviettes et me considèrent comme un extraterrestre. Quelques-uns éclatent de rire. D'autres sont plus agressifs. Une voix crie :

— Pas de voyeurs ici ! À poil, comme tout le monde !

Terrorisé, je simule l'indifférence et hâte légèrement le pas en direction de l'abri lointain. Sous mes yeux s'étale une effroyable variété de sexes masculins et féminins, de bites flasques ou dures, claires ou foncées, circoncises ou enveloppées, lisses ou veinulées, de touffes brunes, blondes, rousses, épilées, de seins abondants, petits, fermes ou pendants, de tétons marron brûlés par le soleil, de corps quadragénaires et quinquagénaires en mal de grand air, recherchant un lien perdu avec la nature. Sur le sentier creusé dans le sable par les pieds des plagistes, entre les bronzeurs et les premières vagues, quelques naturistes arpentent le rivage. Les uns rentrent à l'hôtel, les autres marchent vers le lointain. Tous se croisent, se dévisagent, à la recherche d'un emplacement ou d'une créature de rêve. Le marchand d'esquimaux, à poil comme tout le monde, descend pour la vingt-septième fois le rivage vers le sud. Un petit homme grisonnant, entièrement nu lui aussi, le sexe perdu dans une abondante pilosité, traîne au bout d'une laisse un caniche vêtu d'une veste en laine.

Exténué, je franchis enfin le grillage qui délimite la plage naturiste. L'hôtel d'Amérique est planté de l'autre côté, au milieu d'un immense parking. Un instant, je redoute qu'il ne s'agisse d'un établissement réservé aux nudistes. Trop fatigué pour aller plus loin, je suis rassuré par l'écriteau accroché à l'entrée du bâtiment : *Port du maillot obligatoire dans l'hôtel.*

Le hall est tapissé de posters de rodéo et de drapeaux yankees. Dans un brouhaha de rock n' roll diffusé par plusieurs enceintes, la réceptionniste confirme que ma chambre a bien été réservée. Pressé de prendre un peu de repos, je grimpe dans un antre sinistre avec vue sur le parking, tintements de klaxons et odeurs d'essence. Je tombe sur mon lit, envahi par une soudaine nostalgie parisienne, et décroche le combiné téléphonique pour annoncer à la rédactrice en chef mon arrivée à bon port…

Septembre 1987. Un jeune homme déambule dans le hall de la gare d'Hagondange, Moselle. Chargé d'un lourd sac en toile grise et d'une machine à écrire Canon, il arpente la triste bâtisse. Une rame entre en gare. Les trains se succèdent à intervalles d'une demi-heure sur cette populeuse portion de chemin de fer Metz-Thionville, en pleine Lorraine néo-industrielle. Des travailleurs blancs et noirs traversent le bâtiment 1930 orné de peintures allégoriques, souvenirs défraîchis de la sidérurgie triomphante. Des femmes sont encombrées de paquets, à l'enseigne d'un Monoprix voisin. Des maris rentrent de Metz, où ils sont allés meubler une trop longue, trop ennuyeuse journée de chômage.

— Mais qu'est-ce qu'elle fout, cette salope? Me laisser attendre dans cette gare pourrie…

L'homme fulmine, seul dans le hall d'Hagondange. Son visage exprime une profonde lassitude. Journaliste, arrivé de Paris après un changement à Metz, il attend depuis près d'un quart d'heure Mlle Bonardeau, directrice de la communication du futur parc de Schtroumpfland, alias Big-Bang Schtroumpf.

Depuis deux ou trois ans, la vogue des parcs de loisirs se répand un peu partout en France. Poules aux œufs d'or pour investisseurs fascinés par l'industrie du loisir, terrains d'expérimentation pour les chevaliers du marketing, des dizaines de projets ont vu le jour : Mirapolis près de Paris, Dingofolis près de Nice, le parc Astérix dans l'Oise. Les organisateurs parlent d'attractions « à l'américaine », enrichies par une « thématisation culturelle » puisée dans les traditions nationales. En reportage sur les nouveaux loisirs des Français, le journaliste est censé rapporter un témoignage sur le chantier de Schtroumpfland, énorme complexe ludique et touristique qui doit ouvrir dans quelques mois, à la place des anciens laminoirs.

Muni de son chargement, ce jeune homme a quelque chose de ridicule. Il est mal habillé, ébouriffé. Il a vingt-sept ans et paraît moins ; ce qui, d'un certain point de vue, l'enchante mais lui cause des complications professionnelles. Ceux qui ne le connaissent pas éprouvent quelque difficulté à le prendre au sérieux, à le considérer tout à fait comme un « journaliste ». Rien en lui n'exprime la sûreté ni la solidité mentale de l'homme arrivé. Sa personne dégage quelque chose de maladroit. Il ne parvient pas à imposer autant qu'il voudrait son image de baroudeur.

Dehors, il pleut. « Des cordes », affirment les passagers d'un autre train, qui viennent se serrer sous le porche en attendant que l'averse cesse. L'un après l'autre, ils se jettent sous la pluie et disparaissent dans le clapotis, au cœur de l'effroyable rue commerçante de l'ancienne capitale industrielle. Une voie dépourvue de tout charme : étalages de chaussures bon marché, vêtements passés de mode, magasins d'alimentation proprets, charcuterie sous cellophane. Ah ! l'horreur d'être né dans une région laide, dans une ville laborieuse. Sauf pour la plupart des habitants qui, habitués à vivre là, ont fini par considérer qu'il s'agit du monde *normal*; que ce marchand de chaussures en vaut bien un autre ; que ce supermarché est bien suffisant ; que cette rue est leur petit coin de bonheur où ils aiment se retrouver, les jours de marché.

Quelques voitures freinent devant la gare, sous la pluie battante. Des corps s'engouffrent. On s'embrasse, on démarre. Le journaliste se retrouve presque seul dans le hall de la SNCF. Affalés près des toilettes, deux zonards à cheveux longs mangent des sandwiches en bavardant ; deux Lorrains blonds, sales, repoussants, pires que des babas boches. L'homme est au bord de la crise de nerfs car Maryse Bonardeau n'arrive toujours pas. Il continue à jurer tout bas :

— Comme si j'avais que ça à foutre de venir dans sa ville de merde, visiter son parc à Schtroumpfs.

Une petite voiture noire s'arrête en face de la gare. Deux femmes sortent et s'approchent sous un parapluie, deux corps rondelets d'une trentaine d'années. L'une porte un épais dossier où est inscrit en lettres multicolores le nom de « Schtroumpfland ». Elle s'avance d'un pas joyeux et le journaliste, comprenant que c'est elle, montre un sourire convivial tout en grommelant intérieurement d'autres grossièretés. Il esquisse un mouvement vers les créatures qui lui tendent un parapluie. Il se présente, aimable :

— J'avais peur que vous ne m'ayez oublié...

Sans un mot d'excuse, les deux femmes se contentent de ricaner. Le journaliste reste poli et suit ses hôtesses vers leur voiture. Il a compris qu'il ne serait pas reçu aussi luxueusement qu'il l'espérait. La veille encore, vautré dans son petit orgueil de reporter parisien, il faisait des calculs sur les agréments du voyage et les avantages qu'il pourrait en tirer. Il évaluait la naïveté des provinciaux impressionnés par le nom de son magazine prestigieux, qui lui offriraient tout le confort et peut-être une petite enveloppe... Le rêve s'effondre. Le journaliste sait qu'il mangera dans un restaurant moyen, dormira dans un hôtel moyen et ne recevra aucun bakchich. À cet instant précis, il a la désagréable impression d'être un « commercial » en déplacement professionnel.

Au moment des présentations, la plus grosse des deux femmes, celle qui porte le dossier, annonce fièrement :

— Maryse Bonardeau, directrice de la communication Schtroumpf.

À la façon dont elle a énoncé ces mots, le journaliste comprend que, non seulement Bonardeau attache une certaine importance à ses fonctions, mais que celles-ci représentent une forme d'accomplissement. Quelques mots pour l'éternité : « Merci mon Dieu d'être devenue Bonardeau, Maryse, directrice de la communication Schtroumpf. Je t'implore de le rester. Ou mieux encore, de grimper dans la hiérarchie de la communication d'entreprise... »

Accompagnée de sa Schtroumpf-assistante, Maryse Bonardeau ouvre les portières de la Renault 5. Elle propose au journaliste de prendre place à côté d'elle, sur le siège arrière. Puis, tandis que la collègue s'installe au volant et démarre vers les laminoirs, elle entreprend son briefing sur le sujet du jour.

Lancé par une jeune équipe autochtone, le projet du parc de loisirs d'Hagondange a reçu l'appui *moral* de Jean-Pierre Culliford, alias Peyo, le créateur des Schtroumpfs. Les Schtroumpfs sont d'innocentes créatures de bande dessinée, que le succès a transformées en label commercial. Partout dans le monde, ces petits bonshommes bleus coiffés d'un bonnet blanc sont reproduits, imprimés sur les tee-shirts, offerts dans les paquets de lessive, disséminés sous les formes les plus insidieuses. À Hagondange, le parc Big-Bang Schtroumpf, sorte de Disneyland local dans lequel les Schtroumpfs remplaceront Mickey, apparaît comme un immense espoir ; une « vitrine » pour la Lorraine industrielle, anéantie par la fermeture des hauts fourneaux. La région doit profiter de la reconversion pour devenir une « nouvelle Californie ». Ardent promoteur du parc, le Premier ministre Laurent Fabius a annoncé la création de milliers d'emplois.

J'écoute consciencieusement. La pluie glacée s'étale sur le pare-brise et je demande à Mlle Bonardeau si le rude climat du Nord-Est ne risque pas de nuire au succès de Schtroumpfland.

— En Allemagne, s'indigne la communicante, les parcs fonctionnent avec une météo identique. La France a vingt ans de retard dans l'industrie du loisir, les études récentes l'ont prouvé ! L'idée européenne trouve chez nous sa concrétisation géographique. Le Luxembourg, la RFA, la Belgique sont à moins de cinquante kilomètres. Le parc sera entièrement trilingue : anglais, allemand, français. On pourra payer en marks ou en francs. Les mises en scène seront conçues avec peu de texte, afin de plaire à tous les publics mélangés. Une recherche d'émotions physiques. Notre devise : *Nature, culture, futur !*

La plupart des hauts fourneaux ont été rasés. Les dernières ruines industrielles sont envahies par la végétation, mais cette plaine reste sinistre. Nous nous arrêtons au pied des énormes bureaux abandonnés de Sacilor, à côté desquels se dressent les petits bâtiments préfabriqués, peints en bleu, de Big-Bang Schtroumpf. Quelques centaines de mètres plus loin commence le chantier du parc qui a, pour l'instant, l'aspect d'un immense terrain vague. Chaussés de bottes, nous longeons les fondations d'un ancien laminoir. Des blocs de béton gros comme des maisons semblent exhaler quelques râles ferrugineux.

— À l'origine, il était prévu d'intégrer une usine au complexe de loisirs, précise Bonardeau, avec une animation culturelle sur le travail de l'acier. Mais l'idée n'a pas été retenue.

Au cœur du site, des bulldozers creusent le lac et construisent une butte qui deviendra l'« Île des Schtroumpfs ». En bordure du terrain s'étend une cité ouvrière. Au loin se dresse la dernière aciérie, flambant neuve mais menacée de fermeture. Je feuillette la brochure de présentation qui raconte une visite dans le futur parc. Une prose lyrique. Un avant-goût du rêve :

> Papa fut le premier à être surpris : « Vous avez vu, l'autoroute va jusque dans le parking ! Quelle organisation ! » Sitôt arrivés, les hôtesses nous menèrent joyeusement jusqu'aux portes du parc. On apercevait les Schtroumpfs, gambadant à travers la foule qui se pressait de-ci de-là vers les boutiques comme dans un immense marché. Mamy décida de commencer par un tour en bateau : « C'est tellement romantique... » Nous la laissâmes, amusés, et nous dirigeâmes vers l'entrée d'un couloir, formé par des murs d'eau, où montait une mélodie faite de rires et d'harmonies inconnues. « Venez, nous fit le clown, entrez dans la danse, chantez. Ici, c'est la commedia dell'arte toute la journée ! »

La pluie recommence à tomber. Il fait de plus en plus froid. Les textes et illustrations de la « Cité des eaux », du « Continent sauvage », de la « Planète Métal » synthétisent l'idéal du loisir fin de siècle : un cinéma grandeur nature dans lequel on rêvera librement, muni de son ticket d'entrée. Nous traversons des voies ferrées désaffectées. Une pancarte rouillée, orientée vers le ciel, indique : *Chargement des aciers.* Les Schtroumpfs communicants clament la splendeur de leurs projets : l'« Exploit du Chevalier Vert » dans l'arène de deux mille places (pour tous les âges) ; le « Diplodocus », sorte de montagne russe (la plus grande d'Europe) ; les « Maléfices d'Azraël » (réservés aux enfants)... Toutes les générations prises en charge dans la même extase ludique :

— Les parcs sont les lieux où les familles se retrouvent le mieux, de l'enfant de cinq ans à la grand-mère de quatre-vingt-quinze ans ! Les Schtroumpfs ne seront pas une attraction, mais les intermédiaires entre le public et le monde enchanté. Spectacle, émotion, fiction !

— Mais les Schtroumpfs ne risquent-ils pas de se démoder ?

— Pas du tout, renchérit Maryse Bonardeau ! Schtroumpfland sera un parc de *créateurs* que nous exporterons dans le monde entier.

Dans la liste des investisseurs figurent, outre les pouvoirs publics français, Sacilor, Bouygues, quelques banques arabes. Bien que les prévisions d'emploi aient été révisées à la baisse (deux cents saisonniers au lieu des milliers d'emplois permanents annoncés), l'heure est toujours à la sérénité. Après l'échec des premiers parcs en région parisienne, il s'agit de gagner le pari du loisir à l'américaine.

J'aperçois au loin les collines de la Meuse, recouvertes de chapelets de lotissements blancs. Autour de nous, les bulldozers grondent, soulèvent une terre noire dégoulinante, creusent les fondations du paradis terrestre.

Mais il était déjà tard. Il ne nous restait plus que le temps d'acheter quelques cadeaux pour les amis dans les boutiques de l'entrée. Papa nous promit à tous de revenir dans ce nouveau monde que nous venions tout juste de commencer à parcourir. C'est Mamy qui eut le mot de la fin : « Vous voyez, les enfants, j'ai appris aujourd'hui qu'à mon âge, j'avais encore de merveilleux endroits à découvrir. »

Après la visite du parc, je passe la soirée au Pacific Hôtel d'Amnéville, une commune industrielle voisine reconvertie en station thermale. Au milieu du bois humide, planté sur un ancien monticule de déchets industriels, s'étendent des terrains de sport, des itinéraires de marche, des piscines. Bijou de ce complexe touristique, le Pacific Hôtel, orné de grandes colonnades, semble inspiré par l'architecture d'*Autant en emporte le vent*.

La salle du restaurant est meublée de tables en osier et de plantes vertes. Près de l'entrée sont exposés des gâteaux multicolores, fabriqués dans une pâtisserie moderne. Des haut-parleurs diffusent une musique feutrée. Je déguste une cuisine standard, sans goût particulier. Autour de moi, des tablées de représentants lorrains ou allemands, échoués là pour un soir, parlent affaires, voitures, vacances, nanas. Le garçon m'affirme que les eaux d'Amnéville sont exceptionnelles pour les asthmatiques. Sceptique, je vais dormir dans l'une des deux cents chambres aux meubles en rotin et aux couleurs gaies.

Le lendemain matin, j'appelle un taxi pour me rendre à l'Aquadrome de Noroy-le-Veneur, centre de loisirs nautiques qui jouxte déjà le futur monde des Schtroumpfs. Nageur acharné, pour l'entretien de ma santé, je suis décidé à tester moi-même cette invention issue, elle aussi, des USA. Un peu partout en France, sur les côtes comme à l'intérieur des terres, s'implantent depuis quelques années des Nautiland, Aqualand, Aqualud, Aquacity, lourds investissements pour des succès déjà confirmés. Le plus grand, le Nauticlub Forest-Hill est en construction à la périphérie de Paris.

Le ciel foncé se prépare pour la prochaine pluie. À la sortie de l'échangeur routier, le chauffeur me montre au loin l'Aquadrome (« paradis des loisirs », précise le dépliant publicitaire). Vu de l'extérieur, l'établissement ne ressemble pas exactement à une piscine. Posé au bord de la route sur un terrain en friche, c'est une sorte de fabrique carrée, une petite usine d'où jaillissent d'énormes tuyaux multicolores qui descendent en colimaçon autour du bâtiment. Ces conduits de plastique rouges, jaunes, verts sont les fameux « toboggans à eau ».

En franchissant le seuil de l'Aquadrome, je suis saisi par la puissante odeur de chlore. Mais cette néopiscine n'est décidément pas comme les autres. Sous une large nef de bois clair s'étendent des lacs d'eau bleue, surplombés de fausses plantes vertes et de rochers en polystyrène ; le décor d'une île de rêve, reconstitué en pleine Lorraine. Au-dessus de la caisse, je lis de grandes inscriptions peinturlurées : *Ici commencent vos vacances. Venez vous éclater sous les tropiques !* Derrière le guichet, le grand bassin vient mourir sur une plage artificielle. Quelques familles lorraines pataugent au bord de l'eau, dans l'éclairage électrique. Des vaguelettes lèchent les pieds des baigneurs sur le carrelage. D'autres clients sirotent un verre au self-service. Confortablement affalés sous des parasols d'intérieur, ils portent des lunettes noires et des chemises bariolées. L'air est moite. On se croirait au Club Méditerranée.

J'achète un ticket. Cinquante francs. Je passe mon maillot de bain dans une cabine. Après le crochet obligatoire par la douche, je m'enfonce dans le grand bassin, où j'avance de plusieurs mètres sans parvenir à perdre pied... Englué dans des habitudes archaïques, je suis obsédé par l'idée de *nager*. Je ne comprends pas tout de suite que le propos, ici, est de *s'ébattre*, d'éprouver des impressions de vacances toute l'année, en remplaçant les impossibles rivages par la mer à domicile. Les bassins aux formes contournées et décoratives, peu adaptées à la pratique sportive, sont reliés par des chutes d'eau, des grottes, des « rivières turbulentes ». Désireux d'accomplir malgré tout mon cinq cents mètres nage libre, je m'engage dans une gorge sauvage, entre deux falaises de vinyle. Le passage est trop étroit pour la brasse. J'essaie le crawl et m'écrase contre le mur au premier tournant. Je me résigne donc à parcourir de long en large l'unique longueur nageable, d'une dizaine de mètres à peine.

Alors que je suis occupé à compter les allers et retours pour accomplir ma performance individuelle, je discerne sous la piscine un ronflement de soufflerie. Soudain, l'eau se met à onduler, puis se creuse en profondes vagues. Ballotté par le courant, je ne parviens plus à contrôler mes mouvements. C'est l'ouragan, lancé par la machinerie toutes les demi-heures pour compléter l'illusion. Me débattant dans les flots bleus javellisés, j'avale une mauvaise tasse. Effaré, je parviens tant bien que mal à rejoindre la terre ferme où je tâche de reprendre mes esprits.

La tempête se calme. Mal à l'aise, je demeure assis sur le carrelage, les pieds dans l'eau. Nager ? Ne pas nager ? Mais quelle est donc cette créature de rêve qui s'approche de moi, d'un pas chaloupé, et m'octroie un tendre sourire ? Sous une longue chevelure frisottée d'héroïne de téléfilm, et un maillot de bain à l'enseigne de l'Aquadrome, je comprends qu'il s'agit d'une hôtesse. D'une voix suave, elle me demande si j'ai essayé le toboggan à eau, « le plus long de l'est de la France ». J'avoue que non. Soucieux de mener mon enquête jusqu'à son terme, je la remercie et me dirige vers le fameux engin qui caractérise tout Aqualand digne de ce nom.

D'un pas décidé, je grimpe l'escalier métallique dressé au-dessus des bassins. Je passe le premier étage, le deuxième étage. La plage, en bas, devient toute petite. J'aboutis sur une plate-forme, au sommet de l'Aquadrome, face aux embouchures des toboggans à eau. Deux tuyaux, d'un mètre de diamètre chacun, plongent vertigineusement dans le vide, dessinant de grandes boucles à l'extérieur du bâtiment avant de déboucher dans le bassin de réception. Un enfant me conseille de me jeter la tête la première, bras en avant, dans la gueule de ce monstre primitif. Il suffit, dit-il, de se laisser entraîner par la pente, sur le filet d'eau qui coule à l'intérieur du tuyau. « C'est génial ! » Devant ma réticence, il précise qu'un débutant peut également descendre allongé sur le dos, les pieds devant. « Mais c'est nul. » Et le gamin s'engouffre dans le toboggan en poussant des hurlements euphoriques.

J'hésite face au tuyau bleu « à grande vitesse », avant d'opter pour le tuyau vert, moins périlleux. Un feu de signalisation est fixé au-dessus de l'embouchure pour rythmer les descentes. Je me souviens d'avoir lu dans un article que certains êtres lourds, donc rapides, avaient télescopé des individus plus frêles à l'intérieur des conduits. Beaucoup de contusions, parfois assez sérieuses ; une crise d'épilepsie. L'holocauste, amplifié par la rumeur jusqu'au nombre de sept morts, a obligé les organisateurs à perfectionner la réglementation.

Au feu vert, je m'allonge courageusement sur le dos, pieds devant, et commence à dévaler la pente sur mon coussin d'eau. C'est parti ! À l'intérieur du tuyau, tout est fluorescent. Glissant dans un monde enchanté, je trouve le jeu presque amusant. J'ai le sentiment d'avoir dépassé ma peur, pour découvrir les plaisirs de l'homme moderne. Au cœur du toboggan de matière plastique, je retrouve l'ivresse d'un avant-gardiste serein… Mais au moment où le conduit amorce une pente plus douce, ma vitesse diminue. Je pense repartir de plus belle. Je ralentis encore. Le filet d'eau se fait plus mince. Mon maillot de bain adhère à la paroi. je n'avance presque plus, puis je freine tout à fait et m'immobilise entre ciel et terre.

C'est l'effroi. Aplati dans l'étroit tuyau, je me retourne sur le ventre et j'essaie de ramper jusqu'à ce que la pente s'accentue. Rien à faire. J'envisage de remonter le toboggan en agrippant la paroi glissante… Je n'y arriverai jamais. Peu à peu, je prends conscience de l'absurdité de ma situation. Pourquoi suis-je entré dans ce tube digestif? Seul, loin du monde, je commence à avoir peur. Il me faut pourtant sortir. Je songe à crier, appeler au secours. Personne ne m'entendra. Encore un effort. Je me traîne dans le tuyau pour descendre encore quelques centimètres. Ces déhanchements m'épuisent et je suis sur le point de renoncer quand j'entends, au sommet du toboggan, les cris de joie d'un individu qui vient de se jeter dans le vide. Il va me tomber dessus, à toute vitesse. Un carnage épouvantable! Rassemblant mon énergie, je m'agite encore, suant, m'exténuant, tandis que l'autre approche. Enfin, je plonge dans une pente plus raide et dévale rapidement les derniers mètres jusqu'au bassin de réception, où je manque d'être assommé par le bolide humain qui débouche juste derrière moi.

Je me débats dans l'eau, furieux contre cette installation criminelle. Tout en retournant me sécher, je décide d'exprimer ma mauvaise humeur en posant quelques questions au responsable. En peignoir de bain, je me dirige vers les locaux administratifs, où je décline mes titres journalistiques et demande à parler au directeur de l'Aquadrome. J'attends un moment, assis face à la secrétaire qui réclame ma carte de presse. Comme j'ai oublié mes papiers à Paris, le directeur, M. Bernard Boucher, finit par apparaître. Visage vérolé, il me toise d'un œil sarcastique, comme si j'étais le dernier des plaisantins. Mon agacement monte. Le directeur refuse très sèchement de répondre à mes questions et s'enferme à nouveau dans son bureau. Sa récente nomination aux commandes de Noroy-le-Veneur lui est visiblement montée à la tête. Piteux, je quitte l'établissement en jurant que ce Boucher entendra parler de moi.

Octobre 1987. Je remets le reportage complet à la rédactrice en chef d'*Homme.* Très satisfaite, elle publie mon texte dans le numéro suivant et signe un chèque conséquent. Elle me commande d'autres articles. Je deviens rapidement un pilier du magazine. Je gagne de l'argent. Je suis bien traité. Euphorie prématurée. Au retour d'une confortable enquête en Suisse, j'apprends que la direction du groupe de presse propriétaire d'*Homme* a décidé de supprimer ce titre. Politique de restructuration. Notre journal est « trop axé sur le rédactionnel ». *Homme* sera remplacé par un publi-magazine « plus accessible, plus visuel ». Toute l'équipe est licenciée.

IV

Je somnolais, ce matin-là, quand retentit la sonnerie du téléphone. À demi conscient, je décrochai et reconnus la voix de Claudine, secrétaire de la *Gazette musicale.* Surpris d'être appelé après des mois de silence, coupable d'être encore au lit, je luttai contre la léthargie pour prendre une intonation de travailleur à l'ouvrage :

— Bien sûr que vous ne me réveillez pas. Quelle plaisanterie !

— François aimerait que vous fassiez un papier sur la création de Stokastis, près d'Avignon. Il a pensé que ça vous intéresserait.

Création ? Stokastis ? Voyage ? Reportage ? Avais-je bien entendu ? Après plusieurs années d'obscur labeur à la rubrique « disques », après m'être rodé dans la presse féminine, le fait divers et le grand reportage, mes efforts portaient-ils leurs fruits ? Pour la première fois, la *Gazette* me proposait de couvrir un événement ! Le rédacteur en chef confiait à ma vigilance une star de la musique d'aujourd'hui. Le but était atteint ! Ému, craignant de ne pas me montrer suffisamment enthousiaste, je m'écriai :

— Bien sûr, bien sûr ! Où ? Quand ? Comment ? Dois-je faire ma valise tout de suite ?

— Ne vous impatientez pas ! répliqua la demoiselle, de sa voix pâle de fonctionnaire. Il faudrait prendre le dossier de presse au journal. Vous ferez un article pour annoncer le concert. Et le mois prochain, vous vous rendrez sur place pour la création…

Sans attendre, je m'engouffrai dans le métro, traversai Paris, grimpai quatre à quatre l'escalier de la station Georges-V, me précipitai dans l'ascenseur, m'enfonçai dans le couloir jusqu'à la salle de rédaction. Alain Janrémi était occupé à corriger ses critiques de disques. Sans relever la tête, il grommela :

— Eh bien ! Tu as l'air en forme !

Comment ne pas être en pleine forme alors que, soudain, ce journal froid et sectaire devenait compréhensif, m'offrait l'occasion de faire mes preuves, de me montrer tel que j'étais : brillant, intelligent ! Claudine, plus grasse que jamais, me tendit d'une main généreuse le dossier Stokastis, accompagné d'un mot aimable du rédacteur en chef, en voyage de travail en Australie. L'équipe n'avait rien d'autre à me dire et je regagnai les profondeurs du métro.

Coincé dans la foule de seconde classe, je dépouillai la chemise en carton plastifié sur laquelle était apposé en grosses lettres le titre *Tauriphonie* de Stokastis. Dans le texte de présentation, une plume enthousiaste promettait d'assister au « triomphe de l'imagination ». Le concert se déroulerait dans une arène. Aux cornes d'une quinzaine de taureaux seraient accrochés des micros, reliés à un ordinateur. La machine transformerait en direct les onomatopées des bestiaux et les rediffuserait sous forme « musicale » dans des enceintes acoustiques : « Une fusion de l'art, de la science et de la nature... » Le dossier s'achevait par la liste impressionnante des mécènes engagés dans cette onéreuse opération d'innovation artistique : une firme pétrolière, un fabricant de bagages de luxe, une compagnie aérienne, une société de télématique qui avait choisi la musique comme axe de communication.

Il m'était arrivé d'aimer Stokastis. Sa musique reposait sur l'imitation des phénomènes sonores naturels, reproduits à l'aide de calculs mathématiques. Scientifique de formation, Stokastis n'était pas exactement un musicien. Tous ses proches en convenaient : « Il n'entend rien. » Mais on lui reconnaissait un sens spontané des effets, qui conférait parfois à ses œuvres une certaine force. Dans mon article de présentation, il importait de me montrer progressiste. Arrivé à la maison, j'improvisai un papier louangeur sur « le plus illustre compositeur moderne ». Plongé dans les revues d'avant-garde, je retrouvai les plaisirs de l'analyse historique : Bach menait à Wagner, et Wagner conduisait à Stokastis, selon une logique sans faille. Mon rédacteur en chef, de retour de voyage, fut content de moi et l'article parut dans le numéro suivant, illustré par une grande photo du chantre des temps futurs.

À l'approche de la création, j'appelai la secrétaire du journal pour étudier l'organisation du voyage. J'avais accumulé un lot de petites angoisses concernant les détails de l'expédition. Dans quel hôtel dormir ? (J'avais repéré un cinq étoiles où j'espérais couler des nuits confortables.) Qui prendrait en charge les frais de déplacement ? Face à mes questions pressantes, la jeune femme prit un ton impatient :

— Je n'ai pas que ça à faire. On est en plein bouclage ! Débrouillez-vous avec l'attachée de presse. De toute façon, la *Gazette* ne paie rien. C'est aux organisateurs de se débrouiller !

La galère commençait... Téléphonant à l'attachée de presse, je me présentai comme l'envoyé spécial de la *Gazette musicale.* La femme fut heureuse, puis laissa tomber un silence quand je lui demandai de payer le voyage et l'hébergement. Elle ne me connaissait pas personnellement et hésitait à me considérer comme une personne importante.

— C'est embêtant ! prononça-t-elle.

Je me justifiai mal. À l'issue d'une brève réflexion, mon interlocutrice adopta une demi-mesure :

— Pour le voyage, pas de problème. Malheureusement, je n'ai pas les moyens de vous loger à l'hôtel du Parc. Je peux vous proposer une chambre chez l'habitant.

— Pardon ?

— C'est très bien, vous verrez ! Vous demanderez les clefs à la droguiste, rue du Général-de-Gaulle. Elle sera prévenue. Dès que vous serez arrivé, venez me voir au bureau pour faire connaissance.

D'assez mauvaise humeur, je m'enfonçai, le matin du départ, dans les profondeurs du RER, en direction de l'aéroport. Ma vie de journaliste ressemblait à un chemin de croix. Bras gauche tiré par une trop lourde valise, bras droit distendu par la machine à écrire emportée pour compléter mon look professionnel. Une heure plus tard, ayant traversé trente kilomètres de banlieue pour vingt-cinq francs, puis emprunté la navette d'autobus qui conduit les pauvres à l'aéroport, je patientai à l'enregistrement avant de passer en salle d'embarquement. Une voix annonça que notre avion aurait du retard. La matinée était foutue. L'appareil bruyant décolla aux environs de treize heures. Après soixante-dix minutes de vol, le Mystère atterrit sur la piste de l'aéroport d'Avignon.

Il faisait extrêmement chaud. Un taxi me conduisit à la ville voisine où se déroulait le concert. La boutique de la droguiste était fermée, comme tous les magasins de cette cité provinciale en début d'après-midi. Chargé de mon attirail, je m'attablai à la terrasse d'un café où j'attendis une heure encore, exaspéré de voir la journée s'étioler… Enfin, la commerçante arriva et me conduisit dans une triste chambrette au rez-de-chaussée d'un immeuble. Après quoi, je me dirigeai vaillamment vers le château médiéval qui dominait le bourg, et abritait le vénérable CIMC : Centre international de musique contemporaine.

L'édifice, dressé en plein soleil, était clos par une haute enceinte percée de meurtrières. De part et d'autre du pont-levis se dressaient deux atroces sculptures de béton goudronné, symbolisant l'union de l'antique et du moderne. À l'intérieur, les murs de pierre blanche abritaient une succession de cours pavées où déambulaient des touristes. Je traversai un dédale de bâtiments, écuries, ateliers. Je me sentais mal, accablé de chaleur. Vers dix-sept heures trente, je trouvai les bureaux du CIMC, mais l'attachée de presse n'était pas là. Nouvelle errance à la cafétéria du donjon, où un groupe de touristes américains buvait des jus d'orange en contemplant le ciel de Provence.

Déambulant de cloître en oubliettes, je fus attiré par le son d'un piano. Je jetai un œil derrière une porte ouverte. À l'ombre d'un local voûté se déroulait un cours de musique, destiné aux apprentis compositeurs. Dans la fraîcheur, une vingtaine de jeunes gens se livraient autour d'un professeur à de curieux exercices. Les uns notaient au tableau des formules scientifiques que les autres transposaient en notes de musique. Un pianiste reproduisait au clavier ces grappes de sons éclatés, assez monotones. Les élèves portaient tous des lunettes et des chemises blanches. On les devinait instruits. Quelques rires intelligents parcouraient cette académie anti-académique. Puis chacun redevenait très studieux pour mettre au point une nouvelle formule logarithmico-musicale.

À dix-huit heures trente, je rencontrai enfin l'attachée de presse, occupée au téléphone. Affichant un sourire professionnel, la jeune femme me demanda si j'avais fait bon voyage. J'allais répondre quand elle redressa le cou. Ses yeux s'illuminèrent... Le critique Claude Polluel, président du CIMC, et le compositeur Stokastis en personne venaient d'entrer dans la pièce. Se détachant de la presse, la femme se précipita, embrassa l'un, salua l'autre. Fière d'être familière, elle disparut avec eux dans la salle voisine, tandis que son assistante m'expliquait le déroulement de la soirée : à dix-neuf heures, trois jeunes compositeurs présenteraient leurs œuvres ; à vingt-deux heures, dans une arène voisine, se déroulerait la création mondiale de *Tauriphonie.*

À dix-neuf heures précises, j'entrai pour le premier concert dans la chapelle du château. Quelles idées, quelles trouvailles allait me révéler la nouvelle génération ? Je me sentais curieux, complaisant. La population locale, malgré l'entrée gratuite, n'avait pas jugé utile de se déplacer. L'assistance dispersée se composait des stagiaires entrevus une heure plus tôt, des professeurs et des organisateurs, auxquels Claude Polluel offrit un discours d'ouverture :

— Chers amis, je ne vous flatterai pas en disant que vous représentez l'avenir et l'audace. Vous symbolisez la création musicale sans compromission, la rigueur, le refus de la facilité.

L'homme exprima sa joie que le ministère de la Culture se soit associé à cette entreprise :

— L'État au service de l'imagination ! Le rêve de plusieurs générations s'accomplirait-il enfin ?

Polluel salua les représentants des mécènes présents dans la salle, puis conclut :

— N'écoutons pas les lamentations des invalides de la nostalgie. Et, plutôt que de longs discours, laissons la parole à la musique !

La première pièce s'intitulait *Sonnet.* C'était un long vagissement de cor, au cours duquel le soliste brouillait le son naturel de l'instrument par toutes sortes de crachotements, de quintes de toux et de coups de pied par terre. Peu à peu, un quatuor à cordes entrait sur la même note avec de légers décalages, un quart de ton plus haut ou plus bas, ce qui produisait de vilains frottements. Guidé par un honorable refus de la séduction, ce condensé de poncifs ne choqua personne. L'assistance applaudit mollement cette première mondiale qui ne serait probablement jamais suivie d'une seconde.

La deuxième pièce, composée par une jeune Française vivant aux États-Unis, comportait d'indéniables embryons de musique. Une petite formation instrumentale accompagnait la soprano solo dans une mélodie chaude, parcourue par des accents de jazz... Je me joignis aux applaudissements toujours assez mous, malgré les sifflements d'un jeune homme debout au fond de la salle, qui n'appréciait pas et criait : « Dehors les ringards ! » Claude Polluel se retourna, heureux que son concert d'avant-garde produise un semblant d'agitation.

La troisième pièce revendiquait, selon la plaquette de présentation, une « inspiration tragique ». Le compositeur ne croyait pas si bien dire. Dans *Polyphonie multiple*, chaque instrument alignait, *pianissimo*, une quantité invraisemblable de complications rythmiques, de hauteurs opposées, d'accents subits et de brefs silences. Individuellement, chaque ligne était inextricable. Superposée aux multiples parties différentes, cela se transformait en brouillard sonore. Considéré comme l'un des espoirs de la jeune génération, l'artiste était déjà couronné par plusieurs prix. La création de cette « seconde version » constituait un événement pour une quinzaine de personnes. Au début, le spectacle de l'extrême difficulté contre laquelle s'acharnaient les instrumentistes présentait l'attrait d'une compétition sportive. Mais dès qu'on fermait les yeux, cela devenait un vilain petit bruit... Succès plus vigoureux que les deux morceaux précédents.

À la sortie du concert, bavardant avec l'attachée de presse, je retrouvai un peu d'enthousiasme :

— J'ai assez aimé la seconde œuvre. Cette fille a du talent.

La femme parut surprise :

— Étonnant ! Claude l'a un peu commandée par obligation. Ce sont les deux autres qui l'intéressent... À propos, ajouta-t-elle, si vous n'avez pas de voiture, un car conduira les stagiaires aux arènes pour le concert Stokastis. Profitez-en. À vingt et une heures trente, devant l'entrée du château.

J'allai prendre une douche. J'avalai dans un bistrot un steak-frites en repensant aux trois créations. Curieusement, le morceau *harmonieux* avait choqué. Comme si le conformisme s'était totalement inversé, par rapport au temps où la dissonance était sacrilège. Perplexe, je retrouvai les musiciens de l'avenir dans l'autocar où, pendant une vingtaine de minutes, j'assistai à un éblouissant récital idéologique. D'acerbes propos fusaient contre la musique de grande consommation.

— Faut-il redevenir élitiste ? s'interrogeait l'un.

— Pas du tout ! s'insurgeait l'autre. Je serais pour une méthode radicale : tous les soirs, sur la première chaîne, un show de musique contemporaine. Boulez, Stokastis... Je parie qu'en quelques années, l'art contemporain gagnerait un public énorme. C'est ça, le service public !

Derrière moi, une étudiante japonaise commentait pour ses voisins des écrits de Schönberg récemment réédités, qui posaient sous un jour nouveau la problématique sérielle.

— Autre chose que ces réacs qui prônent le retour au passé, soupira le type à cheveux longs qui s'était manifesté pendant le concert. Moi, le rétro, ça m'emmerde !

Le car arriva près des arènes et se rangea sur le parking couvert de voitures. Surpris, je constatai en m'immisçant dans la file d'attente que le public, nombreux, était constitué pour une large part d'autochtones. Les aficionados n'avaient pas résisté à l'affiche, sur laquelle les organisateurs avaient inscrit en grosses lettres :

TAURIPHONIE

CRÉATION MUSICALE AVEC TAUREAUX
ET CHEVAUX DE CAMARGUE

— Tu le connais, toi, ce Stakosti ? demandait un homme à son voisin.

— C'est de la *musicontemporaine*, répondit l'autre avec un fort accent.

— Ah ouais, Jean-Michel Jarre ! Son et lumière...

Plus loin, une famille de touristes belges piaffait,

persuadée qu'il s'agissait d'un spectacle folklorique. Je repérai quelques figures d'intellectuels responsables de la vie culturelle régionale, qui discutaient, plus avisés, comme si rien n'était plus naturel que de se rendre à un concert Stokastis avec taureaux. À l'intérieur de l'arène, une hôtesse me guida vers les places de presse, au second rang. Je saluai quelques confrères des quotidiens nationaux, occupés à deviser sur les derniers concerts parisiens. Le sommet de l'arène était recouvert d'enceintes acoustiques qui encerclaient les auditeurs. Au milieu de la piste s'élevait une plate-forme sur laquelle des ingénieurs du son s'agitaient parmi les consoles, les modulateurs et procédaient aux ultimes essais. Une débauche technologique.

La foule, curieuse, attendait sagement le début du spectacle lorsqu'on vit entrer au premier rang un groupe de notables. Frayant le passage, repoussant l'autochtone, Claude Polluel emmenait derrière lui le ministre de la Culture en personne, souriant, shampouiné, vêtu d'un costume moderne, en rapport avec la musique qu'on allait entendre. Il était accompagné par la femme-d'un-ancien-président-de-la-République-versé-dans-l'art-contemporain, présente chaque fois qu'une manifestation honorait un avant-gardiste consacré. Derrière eux se succédaient un ex-directeur de l'Opéra de Paris, les responsables des entreprises mécènes, le député local... Tout ce qu'il fallait pour rendre cette soirée reluisante. Dressé sur le banc de la presse, juste derrière eux, je supportais fièrement les regards du peuple tendus dans notre direction.

Dès que les officiels furent en place, Stokastis, visage blême extrêmement concentré, traversa l'arène. Il grimpa l'escalier de fer de la tour centrale et se posta parmi les ingénieurs, devant la console. Une salve d'applaudissements passa dans les rangs des étudiants qui avaient reconnu le maître. Polluel échangea un regard heureux avec le ministre et la femme-de-l'ancien-président-de-la-République-épris-de-musique-contemporaine.

Il faisait presque nuit. L'arène illuminée attendait l'entrée des bovins qui devaient apporter leur concours à l'œuvre du XXe siècle. La barricade s'ouvrit sous la tribune d'honneur et le troupeau d'énormes bêtes sauvages, noires, affolées, redoutables, déboula dans un nuage de poussière chaude. Têtes baissées, cornes en avant, les taureaux étaient poussés par un gardian camarguais juché sur un cheval blanc, armé d'une longue pique. En costume folklorique, celui-ci n'avait visiblement pas compris le caractère sérieux du concert bovido-humain. Il émit quelques hurlements pittoresques pour impressionner le public. Bondissant dans l'arène, il fit prendre à son cheval une posture de salut et leva son chapeau devant la tribune officielle. Le public local applaudit bruyamment, tandis qu'une réaction consternée parcourait le secteur

Polluel, ministre de la Culture, femme-de-l'ancien-président-de-la-République-épris-de-musique-contemporaine.

Stokastis saisit son téléphone, donna des ordres. Il alluma ses machines, mit le contact, et le concert commença. Je distinguai, accrochés aux cornes des taureaux, les minuscules micros reliés à la mémoire centrale. On entendit passer dans les enceintes acoustiques un souffle animal. Le gardian avait toutes les peines du monde à faire beugler les bestiaux qui tournaient silencieusement sur le sable et s'immobilisaient de temps à autre face aux projecteurs. Les rares vibrations émises par les naseaux et les gorges taurines étaient immédiatement broyées, transformées, développées, remixées et réexpurgées par l'ordinateur sous forme musicale : *Chargh-loubppprrrrrrrr...*

Le son s'amplifia, devint plus pénible et franchit bientôt les limites du supportable. C'étaient à présent des hurlements inouïs, glissant brusquement du suraigu au surgrave, répétés en écho par les dizaines d'enceintes acoustiques. Un déferlement de décibels, des étirements lents et laborieux, un monstrueux spaghetti sonore semait la panique dans le troupeau. Au fur et à mesure que l'intensité du bruit s'accroissait, les taureaux se rassemblaient autour du donjon électronique. Les yeux exorbités, ils se figeaient sur place dans des postures de morts vivants. Quelques-uns se mouvaient encore au ralenti, puis ils se glacèrent à leur tour. Seul le gardian, pris au jeu de la course folklorique, encouragé par une partie du public, se démenait furieusement et lançait des ordres que nul n'entendait plus.

Entouré par mes confrères de la presse musicale, je n'osai, par discrétion, me boucher les oreilles. Mais le son devenait douloureux. Un groupe d'autochtones scandalisés quitta l'arène en sifflant. Polluel jeta un regard excédé en direction des gêneurs, puis se replongea, le menton sur la main, dans une concentration mélomaniaque.

Juché sur son navire, Stokastis semblait en proie à l'inquiétude. Le son continuait de monter, toujours plus aigu, toujours plus fort. Prostrés dans un état second, les taureaux n'émettaient plus les ondes destinées, peut-être, à adoucir cette aubade. Le musicien avait perdu le contrôle de sa composition. Alors, au moment où le son atteignait son paroxysme, on vit l'une des bêtes féroces, par une sorte de réaction nerveuse, lâcher sur le sable un long jet d'urine. Puis les quinze autres bestiaux, prostrés dans le même effroi, inondèrent l'un après l'autre la piste du même flot de liquide jaune et fumant.

Le son diminuait enfin et l'hilarité se répandait dans les gradins, sans atteindre la tribune officielle, où la femme-de-l'ancien-président-de-la-République et le ministre de la Culture échangèrent une remarque dans le creux de l'oreille. Quelques rangs derrière moi, un aficionado se risqua à hurler :

— On n'a pas le droit de se moquer des taureaux comme ça !

Polluel, exaspéré, agita le bras en faisant signe de se taire. Stokastis, penché sur son téléphone, donnait de nouvelles instructions aux ingénieurs du son. Seul vaillant dans la catastrophe, le gardian alignait la panoplie de cabrioles dont son cheval était capable. Lorsque après cinquante minutes de cataclysme, le morceau s'acheva enfin, le cavalier offrit aux dames un bouquet final avant de sortir victorieusement derrière le troupeau.

La foule applaudit peu, siffla peu, partagée entre le scepticisme et l'obligation de passer une bonne soirée. Requinqués par ces réactions obscurantistes, les stagiaires du CIMC manifestèrent un enthousiasme délirant et évitèrent le désastre. Les officiels applaudirent longuement et la femme-de-l'ancien-président-de-la-République, qui voulait montrer qu'elle restait dans le coup, marqua en se levant un sourire d'admiration et prononça :

— Merci, Claude. C'était superbe.

Les commentaires prolixes échangés par le ministre et les différents notables laissaient deviner leur soulagement d'avoir atteint le terme de l'épreuve. Dans la foule, je frôlai Polluel, en conversation avec un journaliste auquel il confiait :

— Bien sûr, la musique est passionnante. Mais ce gardian était insupportable.

Je me laissai entraîner à la petite réception organisée au château en l'honneur du compositeur. L'attachée de presse me présenta aux responsables du Centre. Dans l'euphorie qui suit les grandes batailles, on vit enfin entrer le directeur accompagné de Stokastis, applaudis par les intimes. Ils avancèrent en bavardant avec une indifférence feinte. Se mêlant à ses confrères, tel Napoléon entouré de ses généraux, Polluel était choyé par quelques proches parmi lesquels je reconnus Armelle, ma consœur de la *Gazette*.

Surpris, je lui adressai un signe de la main. Donnant du « Claude » par-ci, du « Cher Claude » par-là, Armelle me renvoya un sourire froid qui semblait signifier « J'ai bien vu que tu étais là. Mais je suis en plein business ! »

Quelques minutes plus tard elle me rejoignait au buffet, plus aimable :

— Ça me fait plaisir de te voir ! C'est toi qui fais le papier ?

Elle m'expliqua qu'elle avait été invitée par Polluel à l'hôtel du Parc, car elle préparait avec lui une émission pour la radio. Ivre de rage, je regagnai ma chambre chez l'habitant où je lus, pour me remonter le moral, quelques pages de la *Poétique musicale* de Stravinski :

« Nos élites d'avant-garde, vouées à une perpétuelle surenchère, attendent et exigent de la musique qu'elle satisfasse leur goût des cacophonies absurdes. Je dis *cacophonie* sans craindre de me voir confondu dans les rangs des vieux pompiers. Et j'ai conscience, en employant ce mot, de ne pas faire le moins du monde marche arrière. Pour les musicographes contemporains, tout ce qui paraît discordant et confus se range automatiquement dans la case du modernisme. Ce qu'ils sont bien obligés de trouver clair et ordonné se range dans la case de l'académisme... Tout compte fait, le snob n'est lui-même qu'une espèce de pompier, un pompier d'avant-garde. Et à tout prendre, je lui préfère le pompier tout court, qui parle mélodie, revendique la main sur le cœur les droits imprescriptibles du sentiment. »

Le lendemain, dans l'avion, pesant ce que j'avais envie de dire et ce qu'on me laisserait écrire, je rédigeai une critique mitigée. Sans trop accentuer le ridicule de cette création, j'émis quelques réserves sur la tentative de rapprochement de l'homme et du taureau ! Je craignais, en remettant le papier à mon rédacteur en chef, que celui-ci ne le juge trop sévère. Par chance, Bonneau appartenait, dans le petit monde de la musique contemporaine, à une secte adverse du compositeur de *Tauriphonie*, et il me donna son approbation en demandant simplement, fraternellement :

— Tu es sûr de toi ? Alors on le passe...

Touché par cette démonstration vivante de liberté d'expression, j'attendis la parution dudit article, qui figura en bonne position dans le numéro suivant et ne suscita aucune réaction.

V

1978. Un jour, à l'université, parmi mes tristes compères de l'Institut de musicologie, apparaît un étudiant inconnu. Un peu plus âgé que nous, les cheveux noirs bouclés, le regard intelligent, il porte des vêtements recherchés. Après le cours, nous bavardons. De retour des USA, il est de passage à Rouen. Quelques jours plus tard, il donne un brillant exposé en cours d'histoire de la musique. Armé de cassettes et de bandes magnétiques, il nous fait entendre des polyphonies pygmées, des gamelangs balinais, des compositeurs nord-américains : Terry Riley, Steve Reich, Phil Glass...

Les mélodies se répètent et se déforment à l'infini, comme les dessins d'un kaléidoscope. Des labyrinthes sonores se déroulent, tels les visages d'un tableau d'Andy Warhol. Je découvre une musique étrange, d'une simplicité neuve. Après des années de sérialisme militant, ces rythmes « répétitifs » agissent sur mon esprit comme un antidote. J'entrevois des vérités oubliées : deux accords bien trouvés sont plus efficaces qu'une surabondance d'idées ; le langage est fondé sur l'habitude et sur la surprise ; la pulsation engendre la syncope ; l'harmonie permet la dissonance. La conjonction du rythme et de l'harmonie ouvre des possibilités infinies.

Durant les derniers mois de mon séjour à Rouen, j'écoute *Einstein on the Beach* de Phil Glass. Les chœurs, les vents, les orgues électroniques, les voix enregistrées se fondent dans des développements hallucinatoires. C'est une musique de supermarché déréglée, une musique aux amphétamines, une peinture d'époque… J'écoute Steve Reich, qui mêle la tradition classique et la rythmique africaine. En entendant cette pulsation forte, cette polyphonie vivante, je ferme les yeux et redécouvre la transe du rythme, de la couleur, de la variation.

Je compose à mon tour des fresques « minimalistes », qui suscitent la consternation de mon professeur au Conservatoire. Canular ? Dépression ? Dans plusieurs concerts, je fais jouer mes œuvres qui provoquent l'ironie du critique local : « L'abondance de notes *do* et *ré* nous fatigue rapidement. C'est aussi gai que la musique de Terry Riley. » Enfin l'incompréhension ! Enfin l'avant-garde ! Demain, la capitale !

1979. Je débarque gare Saint-Lazare, au cœur de la grande ville dont j'espère devenir le roi. Les années de croissance ont fait place aux incertitudes des chocs pétroliers. Crise de mutation ; dernier effort avant l'apothéose du libre-échange. Les hommes politiques annoncent la « sortie » du tunnel.

Pour ce jeune homme de dix-neuf ans découvrant la capitale, cette fin de décennie soixante-dix n'est pas une période sombre mais la fin euphorique de l'enfance, une plongée à l'intérieur du laboratoire où se dessine la vie du héros. Depuis ma chambre de bohème (image éculée, mais c'est bien ainsi que j'accomplis ces débuts parisiens), je surveille avec curiosité les signes de l'avant-garde. Je m'intéresse aux groupes undergound. Je feuillette les revues branchées comme des carnets d'adresses. Je relève et apprends par cœur les noms des emplacements nouveaux. Je juge indispensable de fréquenter les confréries où se trame la subversion. En cette triste fin de giscardisme, la crise favorise les effervescences, les rassemblements de ceux qui rejettent en vrac le problème du chômage, l'esprit d'entreprise, le baba-coolisme attardé, la lutte révolutionnaire ou les boums BCBG.

Après avoir longuement cherché le point stratégique, je me retrouve sur les rives du chantier des Halles, lieu crucial du centre de Paris, déjà détruit, pas encore reconstruit, où émerge l'art du faux. Sur fond de musique disco et de drogues euphorisantes, c'est un esprit faussement neuf, faussement gai, mélange de marginalité soixante-huitarde et de légèreté post-moderne. Le goût de l'ambiguïté qu'on cultive en cette fin de décennie aux Bains-Douches et dans les boîtes de nuit branchées me séduit.

1980. Je suis amoureux de la nuit. Comme un touriste prêt à goûter la moindre touche d'exotisme, j'aime les sons et les lumières de ce monde qui n'est pas le mien. La nuit est une manière d'être différent. À la tombée du jour, tandis que les travailleurs s'en retournent chez eux, je m'éveille voluptueusement à la nuit nouvelle. J'aime ces heures froides de l'hiver où les piétons s'engouffrent dans le noir des réverbères, pendant que je réfléchis entre mes draps à la fête que je choisirai ce soir. J'aime la nuit comme une aventure à réinventer chaque fois. Je mélange les émotions de la variété au culte du grand art. J'apprends à goûter les beautés impossibles, à trouver partout d'égals motifs de contemplation. Être *d'avant-garde* signifie être futile en tout et sensible à tout, haïr la psychologie et la morale.

En 1980, je trouve bon de goûter à la cocaïne. Agréable d'être au cœur des Halles, de m'asseoir à la table du dernier B.O.F. (Beurre-Œufs-Fromages) place des Innocents, avant que Big Burger ne change le comptoir. Aux Bains-Douches, je découvre le rythme noir des studios d'enregistrement, la danse moderne par excellence : le funk. Je tombe de bonheur sous l'efficacité de ces riffs, la force dépouillée de ces arrangements. Après avoir erré dans la musique contemporaine et dans les multiples sous-tendances du rock, sans résultat bien convaincant, je découvre James Brown, roi de la transe qui a mis à jour l'état pur du swing, la polyphonie scandée ; une musique du corps, dans laquelle on peut *presque* toujours deviner la mesure suivante, mais qui sait distiller des incertitudes exaltantes.

Dans la nuit de 1980, j'écoute Chic, rassemblement de musiciens noirs new-yorkais dont le tube intitulé *Le freak* fait fureur sous le label disco... À ce mot, le visage du mélomane sérieux se crispe ; le chœur dénonce le « matraquage fasciste de la mesure à deux temps ». Chic, œuvre de trois virtuoses du studio d'enregistrement, donne pourtant les morceaux les plus élégants de la *funk music.* Les choristes, accompagnés par des violons suaves et précis, chantent leurs chagrins d'amour sur trois notes lancinantes. C'est la joie swing et le désespoir moderne.

Dans la nuit de 1980, je découvre les slows de Barry White, dont la musique de crooner emprunte les teintes outrées de la variété. Son orchestre est richement fourni en violons, cuivres, claviers. Sa voix langoureuse parle d'amour, toujours. Ses pochettes de disques sont illustrées par des bouquets de fleurs. Son orchestre se nomme Love Unlimited Orchestra. Au-delà du *kitsch,* chaque morceau de Barry White est un bijou d'orchestration, d'écriture simultanée, d'effets électriques et acoustiques. Le rêve des compositeurs contemporains, celui d'un art collectif unissant technologie et inspiration, s'accomplit ici.

Le rock est mort de sa lourdeur, la « musique contemporaine » de son ennui. La tradition afro-américaine, issue du jazz et du blues, a traversé l'époque avec une vigueur créatrice qui continue de s'épanouir sous des formes multiples, soul, funk, rap, salsa… Préservée des messages, forte de sa nécessité instinctive et de ses traditions, la musique noire revendique ses limites (le chant, la danse). Elle est l'expression fabuleuse, sonore et jubilatoire, du mouvement rythmique de notre temps. Partout, on assiste à cette floraison issue d'Afrique, d'Amérique latine, de La Nouvelle-Orléans, de New York et de Chicago.

Croisement de l'Afrique et du monde latin, né entre Cuba, Bogota et New York, l'orchestre de salsa a ressuscité l'esprit baroque. Chaque joueur d'instrument participe au *continuo* de flûte, piano, percussions, cuivres dans cette musique de lumière, trait d'union des îles et des villes. Cocktail concocté par les jeunes Blancs-Noirs des faubourgs anglais et américains, le rap, la *house music* sont d'autres cuisines sauvages, mêlant les extraits de disques aux boîtes à rythme, empruntant les bruits de la ville, mixant le tout sur d'obsessionnels rythmes funky. Les Algériens chanteurs de raï réinventent le swing à l'usage des villes, hexagonales et maghrébines.

La chanson parisienne s'étiole dans un médiocre blues néocalifornien. Mais de la forêt tropicale aux Caraïbes, d'Oran à Argenteuil, se transmet une musique néofrançaise aux couleurs chaudes. Il est urgent que les colonies reconquièrent la métropole, qu'elles lui insufflent leur musique pleine de sève, cette vraie musique d'aujourd'hui, de Tamanrasset à Dunkerque.

TROISIÈME PARTIE

Tout doit disparaître

I

De coup de fil en coup de fil, la vie moderne rebondit…

— Allô, Vincent à l'appareil. Tu cherches toujours un boulot stable ? J'ai peut-être quelque chose à te proposer. Sois demain à quinze heures aux Éditions Européennes. Le patron est un copain, je t'expliquerai.

Impossible d'en savoir plus. Ayant semé l'espoir, mon camarade raccrocha. Le mystère devait demeurer jusqu'au rendez-vous.

J'avais rencontré Vincent deux ans plus tôt à la *Gazette musicale*, où il travaillait comme maquettiste. Grand maigre quadragénaire, excellent professionnel, il traînait au bureau tard le soir, une cigarette au bec. Parfois, je restais avec lui, après le départ de la rédaction, pour échanger nos vieux James Brown. Fâché avec Bonneau, il démissionna, mais je le retrouvai quelques mois plus tard à *Police Magazine*, où il était nommé directeur artistique. Véritable homme de presse, Vincent était indifférent au « contenu » d'un journal, uniquement passionné par la réussite d'un *produit*, l'efficacité d'un *concept* destiné à un public *ciblé*. Il aimait composer sa mixture journalistique, à l'aide d'une palette de photos, titres et textes. Pour lui, chaque publication devait, dans son genre, viser la perfection formelle : la *Gazette* satisfaire l'intelligentsia musicale, *Police Magazine* assouvir les bas instincts sadiques...

Fort de ses relations dans le milieu de la presse, Vincent avait des projets nombreux auxquels il promettait de m'associer. Il étudiait diverses propositions : réfection d'un journal de mode, création d'un news magazine et autres plans qui, jusqu'à présent, avaient capoté l'un après l'autre. Je n'oubliais pas, toutefois, cette perspective. Tous les quatre ou cinq semaines, je téléphonais à mon camarade, espérant que l'horizon finirait par s'éclaircir.

J'en avais assez de courir la pige. Je ne supportais plus d'exister le temps d'un papier, entre deux changements d'équipe rédactionnelle ; de m'épuiser sans cesse à entrouvrir des portes, tandis que d'autres se refermaient ; de cultiver la bonne humeur des rédacteurs en chef qui finissaient, malgré tout, par se lasser. Je bénéficiais dans cette course cruelle du privilège de la jeunesse. Je pouvais faire illusion, séduire, charmer. Qu'en serait-il le jour où vieux, flétri, il faudrait encore me traîner d'une rédaction à l'autre, épuisé, las, impotent ; solliciter la bienveillance des chefs de rubrique qui n'attendraient plus rien de moi, ayant consommé toute ma substance… Suicide ? Reconversion ? À l'approche de la trentaine, je n'avais qu'un désir : goûter les délices du salaire, préparer une retraite heureuse et méritée !

La proposition de Vincent ravivait un petit espoir. Jusqu'au rendez-vous du lendemain, je m'interrogeai longuement sur ces Éditions Européennes, groupe de presse dont je n'avais jamais entendu parler. Mode ? Politique ? Beaux-arts ? Quelle forme de journalisme pouvait justifier cette appellation ronflante ? Plusieurs confrères furent incapables de répondre à ma question… La seule chose importante, après tout, était qu'il s'agisse d'une entreprise prospère (ce que m'avait affirmé Vincent) et que mon camarade y tienne une position de pouvoir.

L'immeuble se situait dans le quartier du Sentier. Sortant du métro, je m'égarai parmi les boutiques rutilantes de prêt-à-porter, entre les étalages de pantalons en cuir, chandails, blue-jeans. Des noms gravés sur les enseignes témoignaient de l'évolution du vêtement parisien : *Cadillac*, *California*, *West.* Devant les vitrines s'agitaient de jeunes marchands, colliers autour du cou, montres en plaqué or. Des travailleurs pakistanais poussaient entre les voitures des carrioles chargées de tissus. Après quelques déambulations, je m'engageai dans la rue de l'Étable, serrée entre deux rangées d'immeubles noirs. Je longeai des cafés turcs misérables, puis j'entrai dans une bâtisse 1950, un peu moins défraîchie que les autres.

L'ascenseur me hissa au sixième étage. Sur la double porte du palier, était accrochée la plaque des Éditions Européennes. Je sonnai. L'ouverture se déclencha de l'intérieur. Je pénétrai dans le vestibule, où œuvrait une standardiste boutonneuse.

— Vous êtes le coursier ? me demanda-t-elle, en roulant le *r* avec un accent slave.

Vexé, je répondis qu'il fallait savoir distinguer un coursier d'un gentleman. Et, pour démontrer que je n'étais pas le premier venu, j'ajoutai :

— Ayez l'amabilité d'appeler Vincent.

La dame me dévisagea, méfiante :

— Vous avez rendez-vous ? Qui dois-je annoncer ?

Je déclinai mon identité. Elle décrocha son combiné, parla à une secrétaire. Enfin, elle releva un visage souriant :

— Monsieur Vincent vous attend. Au bout du couloir. Troisième porte à gauche.

Ces précautions me rassurèrent. Filtrage, secrétariat… Vincent occupait une place importante. À moi de me montrer à la hauteur ! Déterminé, je m'engageai dans le couloir. Sur la peinture étaient accrochés des gravures, dessins de presse, caricatures d'hommes politiques. Rien qui n'évoque un journal « normal ». J'arrangeai ma cravate, repris mon souffle, frappai à la troisième porte. La voix de mon camarade prononça évasivement :

— Entre !

Je poussai la porte d'une salle éclairée par de larges fenêtres, meublée d'un bureau en acajou et de plusieurs tables à dessin. Seul dans la pièce, Vincent semblait perplexe. Debout près du bureau, le regard penché sur une grande feuille blanche, il faisait glisser sous ses mains plusieurs photographies, afin de trouver la meilleure disposition. Je reconnus son doigté d'expert, cherchant toujours à améliorer la présentation d'un journal. Sans tourner la tête, il me lança :

— Comment vas-tu, mon vieux ? Ça me fait plaisir de te voir !

Ragaillardi, je m'avançai vers lui, en donnant tous les gages de ma parfaite santé physique et mentale :

— Super ! Ça va super-bien ! Le business marche ! On me réclame des articles un peu partout. Je suis vraiment content. Et toi, alors ? Te voilà rédac-chef ?

À peine eus-je prononcé ce titre, provoquant chez mon camarade un demi-sourire de modestie, que ma voix s'étrangla. Vincent avait relevé ses mains pour me congratuler. Je n'y avais d'abord pas prêté attention. Soudain, je découvris en pleine lumière les photographies posées sur son bureau : une demi-douzaine de clichés violemment colorés.

Des femmes nues, occupées à divers exercices d'équitation et d'excitation mutuelle. Une chevauchée de plaisir, des godemichés enfoncés entre les jambes écartées, des fleurs de chair rose épanouies en gros plan. Une blonde à quatre pattes chatouillait de sa langue le sexe d'une religieuse. Une brune maniait le fouet, tout en exhibant son orifice velu. Les visages étaient illuminés par des rictus lubriques.

J'avais acquis, lors de mon passage au magazine *Hommes*, une certaine expérience de la « presse de charme » et des poses lascives ; mais sans commune mesure avec cet étalage ! Les porno-stars, en sueur, semblaient enduites de crèmes lubrifiantes qui donnaient aux photos des reflets brillants. Dans des décors kitsch de téléfilm, des actrices vieillissantes, liftées, maquillées, se livraient à la débauche et s'empalaient avec désinvolture.

Vincent me regardait dans les yeux, d'un faux air innocent. Sans la moindre allusion à ce roman-photo, il prit de mes nouvelles, posa diverses questions sur l'actualité musicale. Je répondis vaguement, sans oser aller au vif du sujet, quand on frappa. Un maquettiste triomphant entra dans la pièce et s'approcha en brandissant une illustration.

— Que penses-tu de celle-là pour la couverture ? demanda-t-il à Vincent.

Sous le titre *Hard Magazine* en lettres roses, un homme et une femme nus se livraient à un début d'accouplement.

— Pas mal ! prononça Vincent. Vire-moi un peu de rouge, ça fait trop criard.

Mon débat intérieur fut bref. À quoi bon m'indigner pour un commerce aussi répandu que l'humanité elle-même ? Mieux valait considérer la situation avec humour et tâcher d'en tirer quelques avantages. Voulant paraître tout à fait détendu pour ne pas indisposer Vincent, je m'exclamai :

— Enfin quelque chose de nouveau ! J'en ai marre du reportage, de la critique musicale. J'ai toujours rêvé d'écrire dans des journaux de cul. Ça doit être rigolo...

Soulagé, mon camarade préféra montrer un certain scepticisme :

— Tu sais, je fais ça pour rendre service à un copain ! Il a quelques difficultés avec son groupe de presse. Je lui donne un coup de main pour améliorer ses canards.

Poussant un long soupir, il ajouta :

— Malheureusement, le cul, c'est plus ce que c'était !

Entrevoyant un argent facile à gagner, j'insistai :

— Tu te rends pas compte. C'est génial ! Quoi de plus moderne, audacieux, provocateur ? On s'emmerde tellement dans la presse !

Vincent reprit :

— On ne fait pas que ça, tu sais ! Les Éditions Européennes regroupent une dizaine de titres. Nos deux principaux créneaux sont le porno et la presse pour enfants. Nous avons aussi un magazine de santé, un magazine de cuisine…

Voulant me prouver sa bonne foi, le directeur artistique s'approcha d'une étagère. Il saisit une pile de revues, puis revint vers moi et les étala sur la table :

— *Hard Magazine*, édité en trois langues, gros tirage. *Bi-Hard*, nouveau titre bisexuel sur lequel on mise beaucoup. *Pénélope la tortue*, pour les trois à six ans. Un franc succès. *Femmes en chaleur*, des histoires de lesbiennes. *Tom Pouce*, pour les tout-petits, avec dix pages de jeux…

Lorsqu'il eut achevé son énumération, Vincent enchaîna, sans vraiment insister :

— Si tu as un peu de temps. Il me faudrait des textes pour les journaux de cul. Le type qui s'en occupait est malade… Sida… Un boulot facile. Tu fais parler la fille, fantasmer le client. Faut pas avoir peur des mots. Je te paie trois cents francs la page. C'est vite fait. Histoire d'arrondir les fins de mois. Emporte quelques numéros pour te faire une idée.

Pressé de conclure, Vincent saisit sur son bureau une boîte de diapositives préparées à mon intention :

— Voici les reportages à illustrer. Arrange-toi pour que les photos soient en rapport avec le texte. J'ai besoin des lesbiennes en urgence. Il me faudrait le tout lundi. O.K. ? On déjeunera ensemble.

Sans hésiter, je m'emparai de quelques exemplaires de *Femmes en chaleur* que je dissimulai sous ma veste. J'enfouis la boîte de diapositives au fond d'une poche et je rentrai à la maison.

Le travail de l'écrivain suppose une méthode favorable à l'inspiration.

Il me fallut une bonne quinzaine de jours pour trouver mon rythme. Quand j'écrivis mes premières proses lyriques pour *Femmes en chaleur*, je croyais à la flamme nocturne du poète. Ayant bu quelques whiskies, je pensais clore la journée en improvisant de flamboyants commentaires érotiques. Médiocre résultat. Mes accouplements du soir étaient incohérents. Il fallait les réécrire entièrement au petit matin. À contrecœur, je renonçai rapidement à la pornographie nocturne pour en venir à un système plus efficace, mais plus angoissant : la pornographie dès le réveil. Dans le demi-sommeil du matin, ma plume avançait toute seule. Je disposais d'une énergie fraîche pour commenter la caresse et l'orgasme.

À l'aube, je me levais et j'enfilais un peignoir. Tel un somnambule, je me rendais dans la cuisine où je me servais une tasse de café. J'entrais dans le salon dont je fermais soigneusement volets et rideaux. Je m'asseyais près de la table de travail. Je mettais en marche le projecteur. L'appareil envoyait sur l'écran la photo surdimensionnée d'une diva porno, offrant sa croupe à l'objectif. D'une main, je tenais la commande qui permettait de passer à la diapositive suivante. De l'autre, je griffonnais sur une feuille blanche les idées que m'inspiraient les nus en action. Faisant défiler chaque reportage, je m'efforçais d'introduire une logique narrative. Je tirais des situations visuelles divers scénarios.

Les reportages publiés par *Femmes en chaleur* provenaient de studios italiens spécialisés, où des professionnelles étaient photographiées sous tous les angles avant d'être vendues aux revues du monde entier. Les mêmes blondes et brunes, le plus *internationales* possible, se retrouvaient au fil des livraisons. Par groupes de deux ou trois, elles procédaient aux mêmes séries d'attouchements et léchages progressifs, auxquels succédait l'introduction de divers objets dans différents orifices. Le producteur avait prévu une mise en scène rudimentaire, réduite à un décor de carton-pâte : trois femmes sur un bateau ; deux sœurs jumelles dans une auto ; une guerrière en treillis entretenant des rapports intimes avec son fusil ; des jeunes filles au bord de l'eau, jouant avec un panier de fruits et légumes…

Inspirés par cette mise en scène, quelques artistes de mon espèce bâtissaient leurs histoires en multiples langues, prêtant aux protagonistes des sentiments extrêmes, destinés à agrémenter la masturbation. Je dotais chaque figurante d'un prénom et d'un pays d'origine. Les rousses étaient anglaises, les brunes italiennes et les blondes suédoises. J'imaginais les fantasmes débordants qui les occupaient vingt-quatre heures sur vingt-quatre, cette obsession de jouir, cette quête nerveuse de toute opportunité sodomique... Puis je graduais, selon un scénario minutieux, les différentes étapes de leur assouvissement. Persuadé de me mesurer aux maîtres de la littérature érotique, je brodais avec soin mes misérables contes que je trouvais excessivement comiques. Sitôt achevés, je les lisais fièrement au téléphone à quelques intimes.

> Chaque été, je pars en safari sous les tropiques en compagnie de Lola. Suédoise de vingt-trois ans, Lola aime le plaisir et l'aventure. La blonde fille du Nord n'a peur de rien sur les étendues brûlantes...
>
> Assis côte à côte dans le véhicule tout terrain, nous traversons des rivières où les crocodiles ouvrent leurs mâchoires. Tout en admirant un couple de girafes, ma compagne se met à l'aise. Elle ôte sa tunique kaki et dévoile ses seins drapés de dentelle noire. Elle dégrafe sa jupe, arrache sa culotte fine. Conservant uniquement ses bottines noires et un chapeau colonial, la jeune chasseresse perverse rebondit dans la Land Rover, au milieu d'un nuage de poussière.
>
> Repérant un coin de savane, j'appuie sur le frein. Ma femelle saute à terre, s'allonge sur le sol, exhibe son minou bien huilé. Elle se tortille frénétiquement, tandis que je plante les piquets de la tente. Puis je l'invite à se glisser sous la moustiquaire, où elle se livre enfin à son occupation favorite.
>
> Des oiseaux crient dans le ciel. Lola baisse mon pantalon et se précipite goulûment sur le membre,

qu'elle absorbe profondément. Elle lèche avec délectation. Elle l'aime tellement, ce joujou, qu'elle ne peut plus s'en défaire. Et je me vois dans l'obligation de décharger une première fois, entre la langue et le palais, de longs jets qui viennent atténuer l'incendie.

Mais le feu est dans la maison, partout. À présent, c'est sa fleur inondée que Lola exhibe pour m'apitoyer :

— Vas-y, bourre-moi. Ta queue seule peut me calmer.

Le sexe à nouveau tendu, je suis paré pour la plongée. La fente s'ouvre sous la pression, et laisse passer l'engin qui satisfait la fille à une cadence soutenue. Lola halète, dit qu'elle va jouir. Elle gueule de plus en plus fort que c'est trop bon, que c'est pas vrai, tandis que j'éjacule une seconde fois.

À peine le temps d'une pause. Le troisième trou reste à farcir et ma partenaire, au bord de l'évanouissement, vient s'empaler sur le vit à nouveau chargé, où elle agite son cul telle une poupée mécanique. Elle rigole. Elle dit qu'elle est heureuse, se relève jusqu'au gland qui lui chatouille l'anus, puis s'enfonce profondément. Elle clame sa joie d'être en pleine nature, libre et soumise à la fois.

Nous jouissons une troisième fois, en écoutant au loin le cri d'un éléphant en rut.

Tous les quinze jours, je retournais aux Éditions Européennes, muni de ma liasse de feuillets. J'allais saluer Vincent, dont le teint pâlissait de semaine en semaine. Il me parlait de nouveaux projets : un magazine d'art, une revue philosophique, un hebdomadaire chrétien…

Me gratifiant d'une confiance aveugle, il ne relisait jamais mes textes et m'invitait à les porter directement aux maquettistes. J'entrais dans la salle de rédaction où s'activait le petit personnel. Aux murs étaient accrochées côte à côte les planches de *Hard Magazine* et de *Pénélope la tortue.* On passait de l'un à l'autre avec négligence, au risque de glisser dans le journal pour enfants une page réservée aux adultes (sujet habituel de plaisanterie, dans cette presse inconvenante où il importait de rester détaché). La chair humaine était traitée avec désinvolture. Malgré les mauvais tours du destin, on demeurait artiste avant tout.

Un matin, après un mois de collaboration à *Femmes en chaleur*, Vincent me téléphona pour m'annoncer :

— Le nouveau numéro est sorti, avec tes textes.

Aussi fier que si j'avais publié un roman métaphysique ou un recueil de poésies, je me précipitai aux Éditions Européennes. J'entrai dans la pièce où étaient empilées les dernières publications. je m'emparai de *Femmes en chaleur* que je feuilletai, avide, heureux de reconnaître mes titres, mes idées et tous les flamboiements de mon imagination. J'avais insisté pour que mon nom n'apparaisse pas au sommaire de cette revue, dont les pages allaient bientôt se couvrir de sperme, avant d'être honteusement déchirées, jetées, puis remplacées par des revues identiques. À cet instant, je regrettai presque de n'être pas mentionné comme responsable. J'imaginais les mâles bandants, surexcités, feuilletant frénétiquement les pages tout en se pignolant, dévorant les textes entre les photos, comme s'ils lisaient des histoires vraies…

Heureux du travail bien fait, je rejoignis Vincent dans son bureau. Il était en grande conversation avec un personnage d'une soixantaine d'années, affalé dans un fauteuil, vêtu d'un costume clinquant de barbouze. Taillé comme un lutteur, le front rayé d'une balafre, l'homme racontait une histoire drôle, avec un fort accent américain. Il avait à peine relevé le regard vers moi. Agacé (n'étais-je pas l'ami du chef?), je saluai ce macho d'un regard hautain et m'approchai de Vincent qui s'exclama :

— Comment vas-tu? Je te présente mon ami Joe d'Acapulco.

Stupide que j'étais… « Joe d'Acapulco » était le propriétaire des Éditions Européennes. Vincent m'en avait parlé plusieurs fois. Ce riche Américain était mon patron! Immédiatement, je pris ma voix la plus chaleureuse pour rectifier :

— Très heureux de vous connaître.

Sans faire allusion à *Femmes en chaleur*, Vincent me présenta comme un journaliste talentueux. Puis il nous emmena déjeuner dans un restaurant voisin.

À table, Joe d'Acapulco se prit de sympathie pour moi. La conversation se délia et il entreprit de me raconter sa vie. Il avait été soldat dans les Marines, puis avait fait fortune et faillite en Extrême-Orient, avant d'arriver à Paris dans les années soixante-dix. Là, il avait financé un magazine de romans-feuilletons, auquel participait déjà Vincent. *Toi et moi* avait connu un succès foudroyant. Un an plus tard, Acapulco revendait le titre en empochant un magot. Puis il avait tout perdu dans de mauvaises affaires, et se rétablissait grâce aux Éditions Européennes :

— Malheureusement, tu comprends, petit, la presse porno en a pris un coup avec le développement de la vidéo !

— Le cul c'est foutu ! renchérit tristement Vincent. Aujourd'hui, c'est *Pénélope la tortue* qui rentabilise les revues hard !

— Pas trop vite, interrompit Joe. La fesse n'a pas dit son dernier mot ! Je pars demain en Pologne. Une affaire en or...

Après un silence théâtral, Joe d'Acapulco accepta de nous mettre dans la confidence. L'espoir se confirmait. La perestroïka ouvrait une nouvelle ère pour l'humanité et une nouvelle chance pour les revues hard. Déjà, deux hommes d'affaires, un Italien et un Japonais, empochaient des sommes rondelettes en achetant derrière l'ex-rideau de fer des photos légères. Longtemps emprisonnée par la censure morale, l'Europe de l'Est investissait massivement dans l'industrie du sexe. De Varsovie à Budapest, de Berlin à Moscou, le marché explosait avec un jeune cheptel prêt à tout. Après la frustration stalinienne, Joe plaçait tous ses espoirs dans la catholique Pologne.

Stimulé par ces encourageantes perspectives, je devins l'un des piliers rédactionnels des Éditions Européennes. Chaque semaine, j'accomplissais mes cinquante feuillets porno. Je gagnais de l'argent et commençai, pour satisfaire le rythme de production, à sous-traiter une partie de l'activité. Je rassemblai autour de moi un bataillon d'artistes en difficulté, d'étudiants désargentés, de chômeurs qui me remettaient leurs devoirs érotiques. Je leur versais une rémunération inférieure à la mienne. Mais je relisais, consciencieux, chaque feuillet ; j'apportais les corrections et perfectionnements nécessaires, pour fournir au lecteur une prose irréprochable.

Quand je n'étais pas en train d'écrire, j'étais à l'affût de toute matière première propre à renouveler mon imagination érotique. J'avais conscience de mon manque d'expérience en ce domaine. La fréquentation professionnelle de l'appareil génital, loin de réveiller ma libido, avait encore freiné mon ardeur. J'étais arrivé à un certain dégoût du sexe féminin, qu'il me fallait compenser par la lecture assidue des revues concurrentes, où je cherchais des détails nouveaux et toutes les idées saugrenues propres à renforcer ma maîtrise du genre. Le sexe était pour moi une matière spéculative ; un sujet d'étude et de perfectionnement littéraire, détaché de toute implication personnelle.

De mes états d'âme, j'entretenais quelques bons amis qui émettaient des diagnostics variés. Les uns me conseillaient d'arrêter, de décrocher ; d'autres voyaient dans mon comportement la confirmation d'une homosexualité latente.

Depuis nos premières rencontres à la *Gazette*, mon ami Marc était devenu un compositeur en vue. Il avait également poursuivi son trajet de militant homo. Vêtu après le travail d'un blue-jean et d'un tee-shirt blanc, il vivait avec son *ami* et s'exhibait amoureusement sur les boulevards. Il fréquentait les restaurants gays, les librairies gays, les bals gays. Il défilait dans les manifs gays et distribuait, le dimanche après-midi, des préservatifs sur les places publiques. Il était abonné au *Gai Pied.* Il se promenait sur les berges de la Seine et dans le jardin des Tuileries, où d'autres gays se guettaient, se draguaient, s'alpaguaient...

Un jour, au téléphone, il me proposa d'assister à la partouze *safe sex* qu'il organisait mensuellement, en compagnie d'autres militants.

— Je suis sûr que cela t'intéressera, dans le cadre de tes recherches.

Sans doute escomptait-il que ce genre de séance ranimerait mes élans charnels et m'aiderait à « assumer » ma véritable nature. Troublé par sa proposition, je bafouillai :

— Bien sûr, cela m'intéresse ! Mais je voudrais être là dans un rôle purement... scientifique !

— Pas de problème, affirma Marc. Nous sommes très ouverts. Tu ne nous déranges pas du tout.

Le dîner a été convenable. Nous avons parlé droits de l'homme, écologie, musique contemporaine. Soudain, comme j'avalais la dernière cuillerée de charlotte aux poires, Nicolas a donné le signal des opérations en embrassant son voisin sur la bouche...

Alexandre, dix-neuf ans, le plus jeune des invités, est à présent assis sur une chaise, braguette ouverte. Il se fait sucer par Marc, à genoux devant lui. Alexandre suce lui-même Frank, debout contre son visage, la queue enfournée dans sa bouche. Ils sont tous trois extrêmement concentrés. Leurs activités produisent un petit gargouillis qui, curieusement, me gêne plus que ces bites rouges, autour desquelles s'agitent lèvres, langues, dents, doigts.

Alexandre, très efféminé, dévore goulûment le gland de Frank. Il lèche le nœud par-dessous, par-dessus, et par les côtés, en poussant des soupirs. Il a une frimousse enfantine, un air dégingandé de jeune fille en fleur. Il est banlieusard, fils d'un marchand de poisson, inscrit dans un cours de peinture.

Je suis assis devant eux, dans la posture du penseur de Rodin. Nicolas, dans la pièce voisine, se prépare pour la suite de la grande baise. Il s'est entièrement dévêtu. Il a sorti de son sac à dos un slip kangourou blanc et propre. Il a enfilé ce sous-vêtement qui évoque son enfance et met en valeur ses formes rebondies. Il appelle à présent les autres qui se lèvent, bite à l'air, et achèvent de se dénuder avant de le rejoindre dans la chambre sombre.

Craignant de les déranger par ma présence, je préfère rester sur le pas de la porte.

— Où sont les capotes ? demande Marc.

— Y a une boîte sur la table, servez-vous, répond Nicolas.

— T'as du lubrifiant ? insiste Frank.

— Bien sûr. Voilà le tube…

Sitôt dit, sitôt fait. Le quatuor s'enduit, se graisse mutuellement les fesses, puis enfile les protections de latex qui rendent plus convivial le sexe contemporain. Les queues rebandent. Très excités intérieurement, les protagonistes paraissent de plus en plus sérieux (Marc affirme que le sexe est incompatible avec l'humour). De temps à autre, j'articule timidement ma plainte :

— Je ne vous dérange pas, vous êtes sûrs ?

— Viens avec nous, propose Marc. Je sais que ça te fait envie !

— Non, je t'assure.

Persuadé que je n'ose pas me mêler à la compagnie, le fils du marchand de poisson s'approche de moi et commence à m'embrasser sur la bouche. Je me laisse faire. Ne sentant aucune réaction, le garçon déçu finit par rejoindre les autres en grommelant :

— Je ne sais pas ce qu'il a...

Puis il poursuit d'une voix asexuée :

— Moi, en tout cas, j'ai envie de jouir !

À ces mots, les quatre jeunes gens recommencent à se sucer mutuellement dans des positions diverses. Soudain, Alexandre se met à quatre pattes en gémissant :

— Enculez-moi.

Nicolas fait sortir par la fente du slip kangourou son sexe long et dur, que le fils du marchand de poisson embrasse et pétrit amoureusement.

— Capote ! ordonne le maître à l'esclave.

Obéissant, Alexandre enfile d'un geste expert le préservatif autour du membre de son aîné. Puis il se remet à quatre pattes et Nicolas va se placer derrière lui. Il s'agenouille, saisit la croupe du jeune homme, prend sa respiration et introduit progressivement son engin entre les jambes de la victime. Alexandre pousse un cri déchirant. Nicolas se cambre et pousse. Il ressort et entre à nouveau d'un coup sec. Alexandre halète, gémit, bredouille « oui » puis « non », puis « encore ». Il pousse des hoquets bruyants, comme s'il était atteint d'une maladie respiratoire, tandis que l'autre commence à aller et venir en lui. La tension monte. L'enfant lance des plaintes. Il dit « maman ». Il pleure. Agitant la tête, comme une bête affamée, il s'empare de la queue de Marc, debout près de lui, et recommence à sucer frénétiquement. De temps à autre, il exhale un râle et laisse échapper la verge qui s'en va bringuebaler contre le ventre de son propriétaire. Il la gobe à nouveau, maladroitement, et recommence à téter.

Tandis que Nicolas encule Alexandre, Marc se fait enculer par Frank. Ils sont d'allure plus réservée, mais un détail me frappe. Tout en sodomisant son partenaire, Frank lui donne de petites claques sur les fesses ; des coups secs et bruyants, comme s'il était en train de dompter sa monture. Il recommence plusieurs fois, et je trouve ce geste inconvenant.

Tandis que les quatre garçons hurlent leur plaisir, je m'éclipse discrètement...

II

J'écris chaque jour chez moi de neuf heures à dix-huit heures. Bien que je ne sois soumis à aucune contrainte, je trouve réconfortants les horaires de bureau. Lorsque j'ai fini mes articles, je vais flâner dans les rues de Paris en songeant à ma destinée de journaliste professionnel, d'artiste raté, d'homme à peine au niveau de la moyenne. Je me dis que le monde est pourri, que rien ne va plus, que tout fout le camp. Je songe que nous vivons une époque épouvantable, que le capitalisme étouffe le talent, que la loi du marché nivelle la planète, que la télévision abolit les cultures, que nous n'avons plus de dieux, plus de valeurs, plus rien ! J'affirme que le pouvoir politique n'a jamais été aussi lâche, la corruption aussi systématique, qu'il n'y a plus de gauche, plus de droite. Je ne supporte plus le métro, plus les autos, plus les chantiers, plus le bruit, plus aucun mouvement autour de moi. Je m'en prends personnellement aux gens ordinaires, aux élites, aux commerçants, à la police. Traversé par des bouffées nostalgiques, je vomis mes lamentations. Tout me paraît *objectivement* épouvantable. Ma détresse semble se fonder sur des constatations *rationnelles.* Je suis en train de devenir, comme tous les autres humains, un râleur, un déçu, reprochant au monde entier ce qu'il est devenu pour ne pas considérer ce que je suis devenu moi-même.

Je me soigne au rythme des promenades. Je regarde les arbres, les maisons, la Seine, et ce spectacle silencieux m'apaise. Certains jours d'optimisme, ragaillardi par un beau rayon de soleil, je passe en revue les arguments positifs. Ne vivons-nous pas une époque extraordinaire ? Le monde progresse. L'univers se libéralise. On a marché sur la Lune. La démocratie triomphe. Le petit écran a terrassé le communisme. Saddam est vaincu, bientôt le sida. L'Est est passé à l'Ouest. La victoire est éclatante. Tellement énorme, indubitable, que seules des créatures malades peuvent l'ignorer. Je n'ai pas le droit d'avoir peur. Depuis la nuit des temps, le même chœur de pleureuses rejette le monde moderne, regrette une hypothétique civilisation perdue. Je refuse d'entrer dans cette cohorte désespérée. Je serai le journaliste de l'an 2000.

Décidé à vivre mon époque, je pars en balade dans le quartier de la Défense, afin de retrouver l'enthousiasme au pied de la tour Fiat et de Microsoft Corporation.

L'autobus traverse la Seine, face à la Grande

Arche. Posé de l'autre côté du fleuve, un grand jeu de cubes brille sous le ciel bleu. Nous filons dans les lacets de l'autoroute, sous les tours de verre et d'aluminium. Au-dessus des voies rapides, des panneaux indicateurs guident le conducteur vers divers buildings, divers parkings. Ne pas freiner. Ne pas rater la bonne sortie. Sinon, tourner encore. Notre chauffeur s'engage dans le souterrain vaste, sombre et bruyant où s'alignent les stations de bus, taxis, autocars. Des êtres de toutes races, chargés de bagages, s'agitent dans la fumée des moteurs. Une pancarte pisseuse indique l'accès à l'esplanade, aux bureaux, au métropolitain. Les souffleries des ventilateurs assurent un air renouvelé aux milliers de visiteurs qui arrivent là, dans la nuit éternelle, et s'apprêtent à découvrir la merveille des merveilles.

Je m'engage sur le grand escalator qui conduit aux portes du paradis. Je monte vers la lumière du jour. Tandis que j'émerge peu à peu à l'air libre, j'entends les accords d'une musique puissante, diffusée sur le parvis par une sono géante. Aujourd'hui, c'est la répétition d'un concert de rock au pied d'une tour ; plus souvent l'animation d'une radio, entrecoupée de flashes publicitaires. Il y a toujours un peu de musique au pays enchanté. Sur ce rythme binaire scandé, je découvre la place immense, encadrée de buildings intersidéraux ; les milliers de petits carreaux verts, bleus, gris métallisé qui s'échelonnent jusqu'au ciel ; un espace où le vent souffle, où s'agitent des hommes en chemise blanche, des femmes d'action en jupe légère. Disséminés sur le bitume, quelques jeunes désœuvrés arrêtent les passants, distribuent des tracts, effectuent des sondages pour les entreprises juchées là-haut. Au centre de l'esplanade, le comité des œuvres sociales a organisé un tournoi de basket-ball pour handicapés physiques. Sous les regards chaleureux du public, deux équipes en chaise roulante, béquilles, prothèse électrique, s'envoient joyeusement la balle.

Je me souviens que, petit enfant, j'admirais les chantiers grandioses d'où émergeait le Paris nouveau. Adolescent, j'arpentais les profondeurs de la ville, ce croisement de réseaux souterrains, système circulatoire de la cité moderne, tissu interne où se croisent chaque jour des millions de corps. J'étais fasciné par ces armées laborieuses qui se répandent chaque matin dans les bureaux et magasins, sans quitter le réseau de galeries, escalators, passages commerciaux qui conduisent du gîte à l'emploi. J'aimais la beauté des carrefours intérieurs, où l'on déguste un hamburger à la lumière d'un halogène, après avoir fait ses achats à l'intersection de deux lignes du Réseau express régional. Vie exaltante, guidée par ce maître mot de la condition contemporaine : l'*organisation.* J'avais envie de clamer, de barbouiller sur les murs :

NOUS SOMMES DES ÊTRES LIBRES ET ORGANISÉS.

Sur l'esplanade de la Défense, je retrouve les mêmes sentiments. Je ne songe plus : « Paris change… Paris se perd… » Je rêve : « J'ai la chance d'appartenir à l'ancien et au nouveau monde… »

Je m'engouffre dans le hall de l'informatique, où s'alignent sur vingt étages les mémoires les plus performantes, les logiciels de pointe. D'autres jeunes gens cravatés, d'autres jeunes femmes maquillées travaillent dans des bureaux de verre absolument transparents. Ils rient, semblent détendus. Ni bourgeois ni prolétaires, heureux ! Ils s'agitent d'un alvéole à l'autre, s'arrêtent pour aller boire un café dans une nuée de musique soft, diffusée par des haut-parleurs discrets. Sur des écrans s'alignent les chiffres de vente entrecoupés par des slogans publicitaires pour entreprises de pointe :

> Après avoir trop souvent stigmatisé l'argent et cherché à l'opposer à l'art, notre époque redécouvre les vertus qu'apportent le réalisme, l'intelligence et l'amour. Aidée par une stratégie qui tient compte des données sociales, économiques, éthiques, l'entreprise se responsabilise face au monde extérieur…

C'est beau. Je me sens moderne. J'ai l'impression de m'être réincarné dans un monde différent, sous l'effet d'un coup de baguette magique. Je suis extrêmement seul ici, aussi seul que si je marchais sur une planète inconnue ou dans les faubourgs d'une ville du tiers monde. Il est clair que je ne suis plus ce fils de famille, ce rejeton d'une vieille souche, naviguant tant bien que mal grâce à son petit bagage. Je comprends que tout cela me sera inutile ; que je suis entré dans un autre univers qui n'est plus le mien mais celui de ces cadres cravatés, de ces femmes dynamiques. J'ai sur les bras une tâche considérable d'adaptation avant de devenir un véritable homme du futur.

D'autres dimanches, afin d'accomplir mon devoir sportif (une heure de marche quotidienne améliore considérablement le sommeil), je pars en promenade dans le temps passé. Nous avons cette chance de pouvoir sélectionner diverses époques, à chaque heure de la journée. Nous disposons de moyens visuels et sonores pour épouser des mondes choisis. Mon voisin de palier vit au XVIe siècle. Plusieurs heures par jour, il écoute les polyphonies de Josquin des Prés, Roland de Lassus, Palestrina. Ses fenêtres ouvertes prodiguent au voisinage les arabesques vocales de la Renaissance, tandis que le monsieur d'en face pousse sur sa sono le dernier tube d'Earth Wind and Fire.

Solidement planté entre la gare d'Austerlitz et l'université de Jussieu, le Jardin des Plantes est une autre machine à remonter le temps ; un authentique décor du XVIIIe siècle. J'erre une heure ou deux dans le parc animalier qui faisait rêver les enfants d'autrefois et fait pleurer les enfants d'aujourd'hui. Les bêtes enchaînées sentent mauvais. Elles tournent en rond dans leurs cages. Des passants commentent. J'entends les mots de « bagne », « camp de concentration », « défense des droits de l'animal ». J'observe les groupes, familles ordinaires, dindons du Mexique, Français de banlieue, mouflons de Sibérie, tous occupés à s'occuper, parler, manger, se faire la cour. Je m'engage entre les rangées de plantes rares. Je mâchonne discrètement quelques feuilles de datura, substance supposée hallucinogène. Je longe le joli pavillon de Buffon, ses pierres taillées, son cadran solaire. Deux râteaux sont posés contre un mur. On dirait une maison de campagne au cœur de Paris.

Je reviens par les quais, les bouquinistes, Notre-Dame. Je croise d'autres passants, d'autres couples flânant sous les arcades de Viollet-le-Duc. Le soleil de l'après-midi illumine la face sud de la cathédrale, au-dessus de la Seine. Des vols d'oiseaux jaillissent des ogives. Un fiancé montre à sa fiancée la grande rose vitrée et le portail sculpté. Elle lève le nez, sceptique :

— Ouais, c'est pt'être beau, mais moi ça m'attire pas, moi !

Elle n'a pas l'air contente. Elle dit ce qu'elle pense tout haut, elle !

Passant sur la rive droite, je m'arrête un instant

devant le théâtre du Châtelet. L'affiche porte, en grosses lettres, un titre d'opéra. Il n'y a pas si longtemps, on courait sur les boulevards pour entendre la dernière opérette de Messager ou de Reynaldo Hahn. Paris était réputé pour sa légèreté. Les opérettes paraissent désormais ridicules. Le mélomane ne peut s'empêcher de remarquer : « Tout de même, ce n'est pas du Wagner ! » L'esprit français provoque une espèce de honte. L'humour, le divertissement, le cinéma de Fernandel, Jouvet, De Funès, la langue de Prévert ou d'Audiard perdurent dans nos mémoires comme le signe d'un monde dépassé, anecdotique, distrayant mais un peu méprisable.

Traversant la place de l'Hôtel-de-Ville, je croise un groupe de jeunes gens harnachés de sacs à dos. Ils vont en sautillant et chantent une chanson. Ils expriment une joie moderne. Saisis par une sorte de crise d'hystérie, ils perdent soudain toute contenance et se laissent aller à un fou rire effroyable. Je les entends hurler : « Arrête de délirer ! » Ils se trouvent *trop* drôles. Ils se bidonnent. Ils rient de se sentir ridicules au cœur de la ville. Ils s'abandonnent. Ils sentent que leur euphorie n'a aucun sens. Je les trouve affreux.

Je ferme les yeux. Regagnant mon immeuble, près de l'Hôtel de Ville, j'entends encore l'écho de leurs gloussements. Je m'arrête au feu rouge pour traverser la rue. Je me tourne vers une femme plantée à ma gauche. Horreur. L'espace d'une seconde, ce n'est pas un être humain que je vois mais une *poule* portant sac à main ; une horrible poule ouvrant et fermant le bec, à la recherche de graines à picorer. Affolé, je tourne la tête dans l'autre sens, et me vois entouré de volailles à plumes, aux yeux perçants, aux crêtes fripées ; des gallinacés maigres et arrogants, posant leurs pattes osseuses sur le passage clouté. Je me frotte les yeux. Je m'engouffre dans l'escalier.

Je ne mâcherai plus de datura.

D'autres jours de congé, lorsque je suis très sensible, très heureux et triste à la fois, après un repas trop arrosé ou une nuit trop courte, je me rends à la Bastille. Je traverse la place, me faufile entre les autos, sous la masse grise de l'opéra. Je prends la rue de la Roquette. Je tourne à droite... La rue de Lappe a conservé l'aspect des anciens faubourgs parisiens, avec ses maisons basses et noires, ses cours sales. J'avance discrètement parmi les touristes et les zonards. Je m'enfonce sous le porche d'un dancing. J'achète un ticket. Je ne regarde pas le videur. J'ai peur de passer pour un voyeur.

Ici, au Balajo, se perpétue certains jours, à certaines heures, un antique rite populaire en voie d'extinction. Une vieille tribu amazonienne se rassemble dans la pénombre pour danser la « toupie », valse sans trêve, survivance d'un autre âge de l'humanité. Le Balajo n'est pas encore la reconstitution d'un décor d'époque. Aux murs de cette salle défraîchie, une inscription porte la date d'inauguration : « BALAJO, 1936. » Les ornements accrochés au-dessus de l'orchestre représentent Paris, ses petites maisons, ses places de village, ses tours Eiffel. La sono a remplacé l'orchestre. Mais les clients sont d'époque. Les plus jeunes ont la cinquantaine. Les hommes ont des sales tronches de proxos, prolos, petits commerçants. Les femmes ont un arrière-goût de gouaille. Elles sont vêtues de minijupes comme des jeunes filles, mais elles ont vieilli et trop bu. Tous dansent à la perfection et poussent simultanément la jambe sur ces morceaux qu'il connaissent par cœur : *Indifférence*, *Vent d'automne*, *Brise napolitaine*... Ils glissent, béats, la main sur la fesse. Les gros dandinent lentement du popotin. Quelques octogénaires, incapables de suivre le rythme, s'appuient l'un contre l'autre, comme des branches mortes sur le point de tomber.

Avouerai-je mon vice ? Étalerai-je au grand jour, au risque de dévaloriser tout ce que j'ai écrit auparavant, la perversion qui me dévore ? J'aime l'accordéon ! Depuis des années, le mal s'insinue en moi et, de jour en jour, je le trouve moins mal. L'accordéoniste vulgaire du téléviseur dissimule une histoire engloutie. J'aime la « valse swing » et la « valse musette », tradition métissée héritée des bals auvergnats, du jazz et des guitaristes manouches. Cette fête sonore et poétique dont le Balajo fut le temple, cette alliance romantique du virtuose et de la canaille témoignent d'un temps où Paris avait une voix, une couleur. Voilà des mois que le doux mal me tient, que j'écoute sans me lasser les disques de Muréna, Viseur, Privat. Je suis à l'entrée d'une mine d'or, enfouie profond déjà dans les décombres du monde ancien.

Le rythme à trois temps, balancé par la guitare, fait tourner un couple. Le danseur est petit, maigre, moustachu. Yeux mi-clos, il empoigne solidement la croupe de sa partenaire. Dans une autre circonstance, ils me sembleraient ridicules. Mais ils tournent à la perfection sur l'arabesque mélancolique de *Flambée montalbanaise*. Le sourire figé du cavalier, l'application habile de la cavalière, la simplicité raffinée de cette mélodie dans la pénombre du Balajo presque désert, tout cela façonne un moment de grâce ; un zeste d'infini 1936 égaré dans le Paris de 1991.

Une femme assise, seule à sa table, regarde son verre dans lequel flotte un cocktail jaunâtre. Âgée d'une soixantaine d'années, grande et sèche, vêtue d'une jupe en skaï et d'un blouson Monoprix, elle vient là, chaque dimanche après-midi, danser la dernière valse. C'est le dernier bal de Paris, le dernier des bals musettes. Dans les librairies fleurissent les photographies de la capitale d'autrefois. La musique à trois temps renaîtra bientôt comme une mode rétro. Des investisseurs rénoveront le Balajo.

Ils paieront de vrais faux accordéonistes pour jouer des airs de Paname. On viendra se distraire le samedi soir, déguisé en voyou. Des jeunes gens chics accrocheront à leur veste une broche en forme d'accordéon. Le piano à bretelles sera de nouveau *branché*...

Il faut d'abord attendre que les survivants soient tous morts. Cette bande d'infirmes a quelque chose de gênant. Cette ultime tribu d'« apaches » qui s'exhibent encore sur la piste n'est plus dans le ton, alors que le quartier tout entier est promis au grand nettoyage. Ces derniers survivants, dans des décors d'époque complètement délabrés, appartiennent déjà à l'histoire, plus du tout à la réalité.

III

Jacques Montherlant était un homme de quarante-cinq ans. Grand, souriant, agité, il s'exprimait avec des intonations mondaines, tout en affirmant : « Je suis un provincial, vous savez… » Rebondissant sur son fauteuil, un téléphone coincé sous l'oreille droite, un autre dans la main gauche, il menait simultanément plusieurs conversations. À l'interlocuteur de gauche, il disait les phrases de l'interlocuteur de droite. Se retournant vers moi, il achevait une phrase commencée cinq minutes plus tôt, tout en tendant la main vers la platine où il posait un disque de bel canto. L'orchestre et les chœurs recouvraient sa voix. Montherlant parlait plus fort. Il trépignait, chantait, battait la mesure, tandis que la secrétaire entrait dans son bureau en hurlant :

— Votre rendez-vous est arrivé.

— Qui ça ? Je n'ai pas le temps. Je ne le connais pas. Qu'il m'écrive…

Se retournant vers moi, il avoua sur un ton de grande lassitude :

— Comme si je n'avais que ça à faire, de recevoir des rendez-vous !

Épuisé par cette perspective, Montherlant posa négligemment les deux téléphones sur son bureau. Délaissant ses interlocuteurs, il alluma la télévision où se déroulait un tournoi de tennis. Toujours sur fond d'opéra, il me parla de revers, de passing-shots, de son « ami » Noah. Il me demanda si je viendrais au cocktail organisé après la finale « dans le sublime château d'un "ami", en présence d'autres amis... Comme pour appuyer son propos, des centaines de photographies étaient épinglées derrière le bureau de Montherlant, d'innombrables clichés sur lesquels il posait en compagnie de stars.

Depuis que j'étais entré dans le bureau du directeur de Classique-FM, la célèbre radio parisienne, je n'avais pas prononcé un mot. Atteint d'une sorte d'incontinence verbale, Montherlant parlait à toute vitesse. Il passait continuellement d'un sujet à l'autre, avalait la plus grande partie des phrases. L'écouter supposait un constant travail de déchiffrage, de reconstruction. Lorsqu'une idée sortait de sa bouche, il s'appliquait aussitôt à la détruire. Chaque proposition était suivie de son contraire. Chaque mot semblait là pour en annuler un autre. Il parlait de musique, tout en affirmant qu'il n'aimait pas la musique. Il me raconta des souvenirs de son « oncle » Henri de Montherlant, de son « parrain » Paul Morand, de son « copain » Sartre. Je compris que Montherlant n'était sans doute pas son oncle, que Morand n'était pas davantage son parrain et qu'il avait vaguement rencontré Sartre… Indifférent aux contradictions, emporté par les broderies de son discours, il passait au sujet suivant :

— Vous et moi qui sommes des êtres libres et cultivés, nous ne saurions nous satisfaire de ce milieu de journalistes étriqués, qui n'ont rien d'autre à se mettre sous la dent !

Pourquoi se confiait-il à moi ? Je restais muet, figé dans un sourire stupide. Montherlant semblait m'avoir adopté et me prêtait des qualités exceptionnelles :

— Vous, si cela vous chante, vous écrirez demain dans *Paris-Match*, après-demain au *Magazine littéraire*. Vous n'avez pas l'esprit étroit du spécialiste. Vous vous intéressez à votre concierge autant qu'à Karajan. Vous êtes proustien !

J'approuvai modestement. Je trouvais ce type sympathique.

Quand je lui avais écrit, quinze jours plus tôt, pour lui proposer mes services sur la recommandation d'un ami, j'avais failli commettre une gaffe irréparable. Persuadé qu'il apprécierait mon style persifleur, j'avais glissé dans l'enveloppe la photocopie d'un de mes articles de la *Gazette*, consacré aux sonates de Boulez : « En cas d'insomnie, écoutez-les attentivement chaque soir. Vous retrouverez le sommeil perdu… » Une heure après avoir posté ce courrier, j'apprenais par un confrère que Montherlant était un « ami » de Boulez. Catastrophé, je téléphonai à la poste, puis au secrétariat de Classique-FM pour intercepter la missive. Trop tard ! Convaincu d'avoir perdu la partie d'avance, j'alignai toute la nuit sur une feuille de papier les preuves de ma médiocrité. Au petit matin, épuisé, je reçus ce coup de téléphone inattendu :

— Bonjour, ici Jacques Montherlant, directeur de Classique-FM. Je suis tout à fait d'accord avec vous. Il faut en finir avec la modernité ennuyeuse, la musique soporifique ; retrouver notre liberté d'esprit ! Je cherche un conseiller pour les programmes de ma radio. Vous pourriez présenter des émissions… Oh, je sais que vous avez d'autres activités ! Le milieu musical est sans grandeur. Restez dans la presse généraliste. Au revoir monsieur…

Après une hésitation, il reprit :

— À propos, j'oubliais… Pourriez-vous me faire entrer à *Police Magazine* ? Non ? De toute façon, je me retire. Je pars sur un bateau, voyager entre les îles. Enfin, si vous voulez travailler avec moi, vous n'avez qu'à dire un mot…

Trois jours plus tard, l'accord était conclu.

Je quittai, euphorique, le bureau de Montherlant. Pour la première fois, j'avais rencontré un mélomane amusant. Un esthète fuyant, comme je l'étais moi-même, face à toute menace de classification : progressiste détestant le progrès ; réactionnaire haïssant la réaction ; enfant de la mer amoureux des montagnes ; amoureux fuyant l'amour... Je détestais les esprits cohérents. Avec Montherlant, en une heure de libre conversation, sans avoir à afficher les opinions convenues, j'avais obtenu un poste intéressant, des frais de mission et un début de complicité. Détail extraordinaire : au cours de notre rendez-vous, *il m'avait fait écouter un disque.* Pour la première fois depuis mes débuts dans la profession para-artistique, je rencontrais quelqu'un qui semblait s'intéresser à la musique *par plaisir* !

M'éloignant des studios de Classique-FM, je flânai dans les rues à la recherche d'un taxi. Mon bonheur journalistique allait-il enfin s'accomplir ? Satisfait de l'entretien, j'entrevoyais cet avenir radieux dont j'avais rêvé à mes débuts ; cette alliance de l'art et du divertissement. Je débouchai sur les Champs-Élysées. Un enfant me frôla en ondulant sur son skateboard. Casquette et walkman, visage heureux, il sortit de sa poche une bouteille en plastique, avala une lampée de yogourt. Il faisait beau.

Je m'arrêtai à la rédaction de la *Gazette musicale* toute proche, afin de raconter mon entrevue avec Montherlant.

Alain Janrémi me mit en garde :

— Ce type n'est pas antipathique, mais c'est un mondain qui cumule les salaires. Méfie-toi de lui !

Haineux, le rédac-chef adjoint se retourna vers

sa pile de disques, d'où il extirpa quelques nouveautés à mon intention.

En quelques mois, je devins l'un des présentateurs attitrés de Classique-FM et l'un des meilleurs amis de Montherlant. Celui-ci me donna carte blanche pour consacrer des émissions aux répertoires que j'aimais. Il approuvait toutes mes propositions, surtout lorsqu'elles s'opposaient aux habitudes de l'antenne. Aidé de spécialistes des archives discographiques, je dissertai sur l'opéra-comique et sur les polyphonies de Steve Reich. J'accomplis des itinéraires en Allemagne et en Italie, confrontai le courage époustouflant de Beethoven à l'époustouflante paresse de Rossini, diffusai les opéras de Richard Strauss et les opérettes de Kurt Weill, les messes de Dufay et les symphonies de Vierne. J'injectai quelques doses de funk, de zarzuela, de salsa. Je repassai par Stravinski et Prokofiev, avant de m'égarer dans les mystères de Java, Bali, Sumatra. Je fis l'apogée des maîtres néoclassiques, l'éloge du jeune Verdi et du vieux Fauré. Je dansai les ballets de Delibes et Tchaïkovski avant de conclure que la plus belle musique, peut-être, était cette vieille version de *The New East St. Louis Toodle-O* par Duke Ellington...

On me revit à l'opéra. Je devins spectateur assidu des premières et des dernières. Mon ascension dans la presse musicale fut aussi fulgurante que ma descente aux abîmes pornographiques avait été tragique. Une petite lumière s'était allumée en moi. J'avais envie de jouer des coudes pour prendre ma place. Depuis que je tenais un fil de pouvoir, je n'avais plus qu'à tirer. Je plaisais. On me réclamait. Je pouvais jouer à être moi-même, émettre des opinions remarquables. On me payait mieux. Je valais plus cher. Intronisé par mes confrères, j'avais pour la première fois les moyens de devenir un commentateur réputé, un personnage du décor paramusical. Un soir, au moment où je quittais les studios de classique-FM pour rentrer chez moi, je croisai dans le couloir Jacques Montherlant qui s'exclama :

— Comment ? Tu ne viens pas au Châtelet ? Tu ne peux pas rater ça ! Je t'emmène !

Je fronçai le sourcil, interrogatif. Jacques me dévisagea en ricanant :

— Ne me dis pas que tu n'es pas au courant ! Tout Paris sera là ! C'est l'événement de la saison.

— Non, je t'assure. Je n'ai pas fait attention…

C'est ainsi que je me trouvai entraîné à la représentation d'*Alceste et Bérénice*, recréation historique du compositeur baroque Antoine de Padirac, qui clôturait le programme annuel du Châtelet : le dernier cri de l'interprétation de la musique ancienne, sur instruments d'époque, sous la baguette du chef d'orchestre australien Christian Williams.

Sur le parvis du théâtre se pressait la foule habillée des grands soirs. Je m'enfonçai derrière Jacques dans la masse des corps bourgeois. Nous fendions l'humanité ordinaire, stimulés par l'orgueil des professionnels, attendus pour décider de l'intérêt du spectacle. À l'approche du guichet de presse, je reconnus les visages familiers : chroniqueurs musicaux, habitués des cocktails. Pour chacun, j'adoptai un sourire franc et spontané :

— Comment vas-tu ? J'ai lu ton dernier papier sur l'Opéra Bastille. Très drôle !

Montherlant fit une halte dans un groupe de notables, auxquels il prédit un moment fabuleux ! Une femme renchérit :

— Depuis que je connais Williams, je ne supporte plus rien d'autre. Comment pouvions-nous entendre ces concerts, il y a dix ans ?

Une voix gloussa à mon oreille :

— Cher ami, comment allez-vous ?

Je me retournai et reconnus Anne de Sainte-Prude, la journaliste qui m'avait injurié l'année précédente au château de Versailles.

— Je trouve vos émissions remarquables. Je dis bien : re-mar-quables ! Dites-moi, que pensez-vous de Christian Williams ? Quel chef ! Il est vraiment...

Éperdue d'admiration, elle cherchait un mot. Je lançai au hasard :

— Ennuyeux, n'est-ce pas ?

Surprise, elle bredouilla :

— Ennuyeux ? Vraiment ? Tout de même, je lui trouve quelque chose...

Sans achever sa phrase, elle s'éloigna de moi et bondit sur le directeur de la musique.

Assis derrière son guichet, l'attaché de presse remettait les places aux invités. Quelques faux journalistes quémandaient un laissez-passer. Le directeur du théâtre, mégalomane notoire, restait en retrait, prostré dans l'attitude modeste qu'il adoptait toujours en pareille circonstance.

Dans le grand escalier, je retrouvai un collègue journaliste, chef de file de la jeune génération « baroqueuse ». Âgé d'une trentaine d'années, le crâne chauve entouré d'une longue chevelure, Karl-Joseph de Beauregard (était-ce son véritable nom ?) portait un pantalon flottant et un jabot de dentelle. Je le félicitai pour cet accoutrement. Il s'exclama :

— Les costumes d'aujourd'hui sont sinistres. Regarde-moi ces cadres cravatés ! Vive le XVIIe siècle !

Il m'expliqua comment il fallait jouer *Alceste et Bérénice*. Il regrettait vivement que le chef d'orchestre ait choisi la « version définitive » plutôt que la « partition originale », antérieure aux corrections du compositeur. Très sûr de lui, Beauregard avait le vocabulaire, les doctrines, les partis pris d'un révolutionnaire. Il se situait à l'avant-garde du passé. Au premier étage, un monsieur déguenillé le prit à partie, à propos d'un article « honteux » qu'il avait écrit le mois précédent. Haussant le cou dans son jabot, Beauregard répondit froidement :

— Vous êtes ridicule !

L'autre s'éloigna, furieux.

— C'est Albert Jeanjean, fondateur de l'ADD, Association de défense du diapason, m'expliqua Beauregard. Un inconditionnel de l'accord à 440. Quelle blague ! On ne peut plus entendre une œuvre baroque française au-dessus de 400 hertz. Quelle horreur !

Je retrouvai Montherlant qui m'entraîna vers nos sièges, au premier rang de la corbeille. Rarement j'avais été aussi bien placé. J'adressai fièrement au Tout-Paris journalistique quelques signes de la main. Près de nous étaient assis le président du théâtre, l'administrateur de l'IRM (Institut de recherche musicale), le directeur de l'Orchestre national et d'autres pontes, notoirement peu intéressés par ce genre de musique mais obligés de participer à l'événement. Un peu plus loin, c'était une pléiade de dames riches et d'homosexuels mondains qui ne ratent jamais une première d'opéra.

La lumière diminua. Christian Williams émergea de la fosse d'orchestre, vêtu d'un pourpoint brodé et coiffé d'une perruque à l'ancienne. Ce clin d'œil spirituel suscita l'hilarité, suivie d'une ovation. Mais dès que le maestro attaqua l'ouverture, ma bonne humeur se dissipa. Les violons grinçaient. J'étais mal concentré. Je n'aurais pas dû venir. Le décor évoquait des fonderies de la Révolution industrielle. Près du haut fourneau, des couples de danseurs baroques tendaient la jambe pour montrer leurs souliers vernis. Alceste et Bérénice entonnèrent un premier duo d'amour. Leur mélopée lente et peu rythmée s'étalait en ternes vocalises. Le héros chantait sa « flâ-âm-me » dans un style parfait, mais mortel.

Il faisait chaud. J'éprouvais l'inconfort de ce siège de théâtre, où je m'agitais dans l'espoir de trouver une meilleure position. Après chaque morceau, je tentais d'évaluer la durée qui restait à parcourir. Jacques, à côté de moi, était prostré dans une attitude extatique. Il me souffla :

— Quel compositeur, tout de même !

« Qu'est-ce que je fais ici ? me répétais-je. Faut-il passer toutes mes nuits, toute ma vie à entendre des concerts pour prouver à une cinquantaine de personnes que j'existe ? » La musique était incontestablement bien faite. Mais je supportais mal ce soir le rite collectif, ce culte convenu de la musique ancienne. J'avais envie d'être ailleurs, dans un concert de rock minable, dans un supermarché de banlieue...

Un chœur inespéré me requinqua à la fin de la première partie. Les voix s'engagèrent l'une après l'autre dans un contrepoint bien balancé. De belles lignes mélodiques s'animèrent sur une basse obstinée, et j'abordai l'entracte ragaillardi. Vite, aller faire pipi, boire un verre, échanger quelques mondanités, fumer une cigarette en attendant la fin de la récré. Un groupe de critiques s'était formé dans le foyer. Je m'approchai pour entendre les commentaires. Le chroniqueur du quotidien du soir dissertait :

— Très joli ! Magnifique, cette allusion à l'écroulement des pays de l'Est dans la mise en scène ! Et cette scène splendide où Alceste déclare à Bérénice qu'il l'aime, tout en s'éloignant d'elle !

— C'est un contresens ! s'indignait son confrère du quotidien du matin. Joliment fait, d'accord ! Mais Alceste est un personnage généreux, pas cette espèce de monstre !

J'étais fort intéressé, n'ayant saisi aucune de ces subtilités dramaturgiques. Pour m'en tenir à une bonne impression, je parlai de la beauté du dernier chœur.

— Un peu facile, tout de même ! plaisanta le quotidien du soir.

Le directeur du théâtre arriva, content de lui :

— Pas mal, n'est-ce pas ? Ce type a un talent fou. Ce que j'aime dans ses mises en scène, c'est qu'il ose aller *contre* l'œuvre. C'est ce que j'attends d'un artiste !

On but une coupe de champagne avant de regagner nos places. J'appréhendais les longueurs de la seconde partie. L'épreuve fut assez douce. La partition de Padirac finissait mieux qu'elle n'avait commencé. L'ensemble du troisième acte était réussi ; le ballet paysan joliment orchestré. Mais pourquoi donc le metteur en scène avait-il affublé Alceste et Bérénice de costumes d'officiers nazis ?

Le rideau tomba. La foule applaudit, trépigna. Des spectateurs, debout, hurlaient « Bravo ! » à haute voix. Jacques se leva précipitamment en me glissant à l'oreille :

— Quelle merveille ! Il faut que j'aille féliciter Christian ! Tu viens au dîner organisé par sa maison de disques ?

Je déclinai l'invitation, redoutant d'endurer l'euphorie des admirateurs. Je détestais ces repas de supplice, obligeant pour une tranche de foie gras à parler toute la nuit de l'idole du jour. Montherlant bouscula la rangée et se précipita vers les loges, tandis que je redescendais, seul, l'escalier du Châtelet.

Au moment de rentrer à la maison, j'aperçus sur le parvis du théâtre François Bonneau qui agitait le bras dans ma direction. Je m'approchai. Mon ancien rédacteur en chef m'enlaça et m'embrassa sur les deux joues, en susurrant :

— Comment vas-tu, mon chéri ? Il paraît que tes émissions marchent terrible !

Fraternel, il me présenta les deux amis qui l'accompagnaient : un jeune homme timide supposé être son amant ; et un petit gros en costume-cravate, « conseiller artistique » de la première chaîne de télévision. Je saluai poliment, quand je vis s'épanouir près de ce dernier Armelle, mon ex-consœur de la *Gazette*. Souriante, la jeune femme exhibait un ventre énorme. Elle m'embrassa, puis se blottit tendrement contre le monsieur de la télévision. Je m'exclamai :

— Armelle ! Tu es enceinte ? Quel bonheur ! C'est pour quand ?

— Octobre, murmura-t-elle. J'espère que tu viendras à notre mariage, cet été, en Bretagne.

Mon ancienne égérie m'expliqua ses nouvelles fonctions de responsable du programme classique sur la première chaîne. Il faisait doux. Je me sentais presque à l'aise entre mes confrères, et ne résistai pas à une excitation futile, quand Bonneau proposa d'aller boire un verre dans un bar voisin :

— Tout près d'ici. Un grand café très chouette. Belle architecture post-moderne...

On se mit en chemin vers les ex-Halles de Baltard. Le conseiller artistique, marchant à côté de moi, exprima son avis sur le spectacle et me demanda le mien. Je répétai ce qu'il venait de dire. Il fut content.

Nous empruntions la rue des Lombards où s'alignaient les terrasses de restaurants touristiques. Dix ans plus tôt, je passais mes nuits dans cette même rue, au fond d'une boîte de nuit où j'écoutais des orchestres de salsa. Je venais d'arriver à Paris. Je me croyais artiste extrêmement. Je côtoyais, dans le milieu noctambule, quelques journalistes branchés. Mais je me sentais très supérieur à cette engeance.

La fête avait pris fin. J'étais devenu l'un de ces hommes en route vers un restaurant post-moderne. J'avais un peu d'argent, un peu de notoriété.

Autour des anciennes Halles s'agitait une foule compacte. Sous les bâtiments blancs et gris, la banlieue surgissait du sol par d'énormes escalators. Le peuple périphérique s'égarait dans le centre-ville rénové. Nous longions les bistrots où des familles étaient attablées : Burger King, Love Burger, Free Time, « le restaurant-liberté ». Les Halles étaient devenues un centre de loisirs, où se cultivait, d'un étalage à l'autre, le mythe de Paris, mais j'avais le sentiment de marcher dans une vaste et anonyme sous-préfecture planétaire. Nous croisions des groupes en blue-jean et blouson fluo, des policiers ornés d'étoiles de shérif, arborant fièrement leurs nouvelles tenues calquées sur les séries américaines. Nous arpentions des allées goudronnées parmi les treillis de feuillages, vague évocation d'un jardin « à la française ». Plus bas, dix mètres sous terre, s'étalaient les galeries marchandes portant le nom d'anciennes rues parisiennes dont elles perpétuaient le souvenir.

Le café recommandé par Bonneau s'appelait le Grand Boulevard. C'était une salle claire, à la fois moderne et rétro. Par ses courbes élégantes, le Grand

Boulevard tenait du salon 1930 et du *design* dernier cri. Les lignes et les couleurs montraient une volonté de sobriété luxueuse. Les serveurs portaient l'uniforme blue-jean tee-shirt blanc, symbole d'une jeunesse libérée. Le décorateur de ce « café littéraire » avait prévu d'aménager un coin bibliothèque, où étaient offertes au consommateur quelques revues (*Nouvel Observateur*, *Globe*, *Gai Pied*) et des livres de littérature. Sur des rayonnages noirs, s'alignaient de beaux fascicules brochés parus dans des collections chic. Des récits tristes admirablement écrits ; quelques essais sur l'économie après le marxisme, la sexualité après le sida.

— Si tu passes dans le quartier, tu peux bouquiner un moment, c'est sympa ! fit remarquer Armelle.

Le patron vint saluer Bonneau qui semblait être un habitué, et nous guida vers une table tranquille. Le conseiller artistique relança la conversation. Parlant des récentes représentations d'*Idomeneo* de Mozart, il répéta plusieurs fois le titre de l'opéra en insistant sur le *o* final, comme s'il voulait prouver sa connaissance de l'italien. François avait allumé un cigare et conversait à voix basse avec son jeune homme. Voyant que son sujet ne prenait pas, le conseiller en essaya un autre et se lança dans une vibrante apologie du mécénat d'entreprise.

— La France a vingt ans de retard, affirmait-il.

L'alliance de l'art et du marché n'est pas suffisamment entrée dans les mœurs...

— Vous croyez ?

— Les entreprises se plaignent ! Le « retour d'image » n'est pas satisfaisant. La rentabilité reste très inférieure à celle des espaces publicitaires...

— Sans blague !

— Il faut que les artistes conservent leur spécificité. Je ne dis pas le contraire. Mais il faut aussi qu'ils jouent le jeu !

Je ne pus contenir un bâillement. Bonneau en profita pour s'emparer de la conversation :

— Cet *Alceste et Bérénice* est un chef-d'œuvre ! Dire que nous avons attendu trois siècles pour nous en apercevoir. Pourquoi les Français méprisent-ils leur musique ?

Je dressai l'oreille. Ces propos, dans la bouche du rédacteur en chef de la *Gazette musicale*, semblaient inattendus. Je me rappelais mes débuts, quand Bonneau affirmait que la « musique française » était « une notion douteuse, et que, si l'histoire avait oublié certains compositeurs, c'était probablement qu'ils le méritaient ».

Me regardant dans les yeux, il poursuivit, rêveur :

— Te souviens-tu, il y a quelques années, quand tu me parlais de ces œuvres oubliées et que je te répondais : « La *Gazette* est là pour ça ! » Si j'en crois le triomphe de ce soir, nous sommes en train de gagner !

Bonneau s'exprimait avec une absolue et fascinante conviction. Curieux de voir jusqu'où allait ce revirement, je m'empressai d'apporter la contradiction :

— Évidemment, Padirac a composé quelques belles pages. Ce n'est pas une raison pour se pâmer à tout propos. Le baroque est à la mode, un point c'est tout !

— Comme tu es compliqué ! soupira Bonneau. L'important n'est-il pas de prendre du plaisir ?

Je le revoyais assis derrière son bureau, m'expliquant gravement : « Le plaisir en art est une notion périmée ! » J'insistai :

— Pense plutôt à ces autres musiques qu'on ne joue jamais ; aux opéras de Boieldieu ou d'Adam, aux ballets de Lalo, Roussel...

Bonneau parut agacé. Il saisit solidement son verre de bière, avala goulûment une gorgée. Un peu de mousse se colla autour de ses lèvres. Il aspira dans le silence une bouffée de cigare puis, posant son visage face au mien, il articula très simplement :

— Tu ne peux pas tout mettre sur le même plan. Boieldieu, c'est plus possible. Padirac, c'est un génie !

Cet homme était extraordinaire. Il professait les idées qu'il combattait hier avec la même étroitesse d'esprit. J'étais désolé :

— Je ne te comprends pas.

— Il n'y a rien à comprendre. Les idées évoluent. Nous évoluons nous-mêmes. Tu as trop de principes !

Je rentrai chez moi sceptique. Lentement, insidieusement, cette soirée insignifiante avait fini par me démoraliser. Le journalisme, la musique, l'art, Paris, la culture. Était-ce pour cela que je m'agitais chaque jour ? Le commentaire prenait une trop grande importance dans ma vie. J'allais avoir trente ans. J'avais gagné mes galons de journaliste. Je gagnais de l'argent. Il me suffisait de rester suspendu au téléphone quelques heures par jour, entre le déjeuner et le cocktail de fin d'après-midi. Il me suffisait d'écrire quelques pages à propos de musique, sur laquelle il est vain d'écrire. Quelle était l'exacte utilité de mon existence ?

Avant de me coucher, j'écoutai *Daphnis et Chloé* de Ravel, la lumière claire et déchirante du « lever du jour ». Par la fenêtre, je regardai passer des groupes de touristes sur le trottoir ; cohortes étrangères en route vers le parvis de Notre-Dame ; longues files d'Allemands et d'Italiens. Tout disparut un instant dans le crépitement des gouttes chaudes. Une averse tomba. Ils se mirent à courir, Allemands dans l'ordre, Italiens dans le désordre. La pluie cessa et laissa apparaître le ciel noir étoilé, sous lequel recommença le défilé touristique…

J'aurais pu me satisfaire de mon sort enviable, le cultiver, l'améliorer pierre après pierre, pour finir directeur de la musique au ministère de la Culture. Un jour, je me retournerais pour dresser le bilan de vingt années d'efforts. Je compterais les milliers d'articles, les centaines d'émissions de radio que j'aurais semés derrière moi, comme autant d'indices emportés par le temps. Je serais devenu un homme stressé, incertain de son destin ; un pédéraste ordinaire du milieu musical, fréquentant les concerts accompagné de beaux étudiants, heureux de provoquer ainsi la jalousie de mes confrères.

Le disque s'était arrêté. Pour lutter contre une insupportable sensation de vieillissement, je cherchai dans les rayonnages *Rap Payback* de James Brown. Le funk m'éclaira un instant l'esprit, ranima une lointaine sensation d'oisiveté nocturne... Ce n'était qu'un souvenir. Ce disque était rayé. J'arrêtai James et posai sur la platine un concerto de Bach, qui m'ennuya pareillement. Assez de musique. Assez de cette petite boîte à émotion ! J'éprouvais ce soir un désir plus pressant. Je voulais être poète, amoureux, voyageur. J'exigeais des sensations neuves, des terres lointaines. Faire le tour du monde. Soigner les paralytiques en Afrique noire. M'engager dans la guérilla sud-américaine. Me retirer dans un monastère...

Après mûre réflexion, je décidai d'aller passer huit jours dans la maison de campagne familiale, et m'endormis serein.

IV

Sur le quai de la gare de l'Est, je remarque un couple d'Américains veillant sur un amoncellement de valises. Grand, mince, la soixantaine, cheveux blancs, l'homme a le style distingué des familles de la Nouvelle-Angleterre. Il porte un costume d'explorateur, pantalon et veste de toile claire, sac en bandoulière. Il semble préoccupé. Sa femme est d'une élégance digne des épisodes de *Dallas* : peau liftée, visage embaumé, chevelure d'un faux blond éclatant, tailleur rose vif, le tout rehaussé par une paire de lunettes qui lui confère un air vaguement intellectuel. Égarée dans cet étrange pays, elle scrute les voyageurs qui s'avancent vers le train et cherche désespérément un porteur.

Laissant ces touristes à leur méditation, je grimpe dans le wagon de première classe. Quelques instants avant le départ survient le contrôleur, assez nerveux, suivi des deux Américains. L'employé leur indique leurs places. Les deux Yankees paraissent d'abord soulagés, puis s'aperçoivent qu'ils sont assis à cinq rangs de distance. La femme consulte à nouveau le numéro de son siège. Elle se retourne vers moi, tend son billet, et me demande avec un fort accent nasal :

— *Sixteen ?*

Je n'aime pas cette façon de considérer que je devrais, spontanément, comprendre sa langue natale. Toutefois, comme je suis de bonne humeur, je regarde attentivement le coupon cartonné avant de répondre

— *Yes, sixteen.*

Le train roule. Il fait très chaud. L'Américaine est assise juste devant moi. De temps à autre, elle se retourne, croise mon regard et adopte l'expression bienveillante d'une dame blanche face à l'indigène. Elle essaie de se replonger dans sa lecture, mais jamais plus de trente secondes. Elle se redresse, en sueur. Son fond de teint prend une consistance liquide. Des écoulements de maquillage glissent le long de ses joues. Son sourire ressemble de plus en plus à une grimace. L'air est étouffant. La climatisation est en panne.

Un peu plus loin, le mari s'agite. Accablé lui aussi par la température, il n'en peut plus. Soudain, il se lève et commence à arpenter, la tête dans les mains, le couloir central de la voiture Corail. Surpris, des passagers l'observent. Hagard, l'Américain se tient debout au centre du wagon, dans sa tenue coloniale. Il observe scrupuleusement les détails de cet engin roulant, et comprend qu'il existe un système de climatisation. Sans prêter la moindre attention aux voyageurs, il fait quelques pas, tend la main vers les manettes situées près de l'entrée. Tel Superman volant au secours de la SNCF, il se sent en mesure de résoudre ce défi de haute technologie. Il triture les manettes pendant plusieurs minutes, sans aucun résultat. Il s'agite devant l'armoire électrique qu'il ne parvient pas à ouvrir. Désemparé, il se retourne vers l'intérieur du wagon et scrute les vitres hermétiquement closes. Il s'approche de sa femme et lui dit un mot à l'oreille. Puis il se penche au-dessus de moi et s'efforce de tirer le carreau. Il s'agite, s'impatiente, pousse des jurons, sort un couteau de sa poche, essaie de tourner les vis, sans résultat. Comme je relève le visage pour lui signaler ma présence en dessous de lui, il me baragouine à l'oreille de longues phrases américaines, auxquelles je ne comprends rien à l'exception de ce mot :

— *Strange...*

Ce voyage est étrange. Et probablement inutile. Quelques jours à la montagne ne changeront rien, bien que je rêve d'y puiser une énergie nouvelle, d'amorcer mon hypothétique grande œuvre. Il est trop tard. Je suis un homme tenu, dompté par son loyer, dressé par ses impôts, soumis à ses remboursements d'emprunts...

Je me félicite du moins d'échapper à la foule en

liesse du 14 Juillet. Demain, fête nationale. Depuis deux semaines, de jeunes chômeurs s'agitent sur le parvis de Notre-Dame, coiffés de bonnets phrygiens, chaussés de chaussettes tricolores. Pour cinquante francs par jour, ils vendent aux touristes la *Déclaration des droits de l'homme* et autres souvenirs de l'abolition des privilèges. Des autocars sales et fumants déferlent de toute l'Europe. Allemands de l'Est, Tchèques, Polonais, emmaillotés dans des tee-shirts « I love Paris », fascinés par la société libérale.

Le train roule vers l'est. Je ne connais rien de plus sinistre que la Champagne pouilleuse, cette plaine blanche, rien de plus désespérant que Châlons-sur-Marne, avant-goût de l'Enfer. À Nancy, changement de train. Penché à la vitre d'un tortillard de montagne, je regarde le paysage s'arrondir. Nous entrons dans le département des Vosges. Premières collines, vallées fleuries, premiers sapins, odeurs de scieries. Ici l'air est frais et l'eau coule toute l'année, malgré le printemps trop sec.

Je grimpe dans un taxi pour les trente derniers kilomètres. L'auto franchit un col. Au bout d'une route sinueuse entre deux versants boisés, j'aperçois le village dominé par son clocher de tuiles rouges. Nous longeons des chalets, des fermes en ruine. Ici, l'exode rural touche à sa fin. D'ultimes veuves paysannes s'éteignent, entourées de deux vaches et de trois poules. Un monde s'éteint et fermera bientôt, définitivement. Les changements sont lents, mais l'étape finale est en cours.

Le taxi me laisse sur la place ensoleillée. J'achète quelques victuailles au bistrot-épicerie. Je remonte à pied le chemin de la maison. J'ouvre les volets, les portes, les fenêtres. Je m'assieds sur la terrasse où j'écoute le tintement de la rivière. J'observe les forêts, les sommets arrondis, les prés fleuris. Je ne sais toujours pas pourquoi je suis ici. Mais à présent, toute perspective me paraît joyeuse. Je m'assieds au piano où j'improvise une fantaisie…

Il est neuf heures. Tout en avalant une omelette aux nouilles, je regarde les prairies colorées par le soleil couchant. Vus d'ici, les troncs géants des sapins ressemblent à des allumettes. Le temps s'est alourdi. Les derniers rayons de soleil sont voilés par une tache nuageuse. Les feuilles frémissent. On attend l'explosion, le cataclysme, l'orage.

À dix heures, la nuit tombe. Je n'ai pas envie de dormir. Je lis *Les malheurs de la vertu.* Soudain, j'entends derrière la porte vitrée des bruits de paroles, des exclamations. Une torche s'agite dans l'obscurité. On entre.

— Tu viens avec nous au feu d'artifice ?

Deux hommes se tiennent debout devant moi. Je reconnais Gilbert, la cinquantaine, pantalon de toile militaire, casquette de marin ; Christian, un peu plus jeune, chaussures après-ski et bonnet de laine en toute saison, teint rouge vif. Leurs yeux brillent. Leurs paroles sont incertaines. Ils ont bu une demi-douzaine de pastis, deux litres de rouge, quelques tournées de gnole. Ce sont les deux célibataires du village, les représentants du farniente rural. Ils vivent de petits boulots et de services multiples. Guides, moniteurs, animateurs-nés, ils se démarquent de leurs compatriotes, hostiles aux « Parisiens ». Partisans de la fraternité universelle, ce sont les amis des touristes. Mon statut de journaliste fait de moi, depuis quelques années, leur interlocuteur privilégié.

— C'est l'heure de recharger les batteries ! bredouille Christian, la bouche pâteuse. Y a un bail qu'on t'a pas vu ! Viens boire un coup avec nous !

« Boire un coup » signifie, en patois, « boire d'innombrables coups ». Redoutant l'embuscade, je résiste. Mais les deux sbires regorgent d'arguments du type : « Si tu bois trop d'eau, tu finiras par rouiller ! » Après tout, ne suis-je pas là pour vivre des expériences nouvelles ? Un feu d'artifice au-dessus des lacs vaut bien une première à l'Opéra.

Il fait nuit noire. Le véhicule tout-terrain descend le chemin de pierre. D'innombrables moucherons volent dans le ciel d'orage et s'écrasent contre le pare-brise. Au tournant, Gilbert manque de tomber dans le ravin. Il freine à temps. Ses réflexes ont intégré une certaine dose d'alcool. Nous sommes serrés tout trois sur le siège avant. Le radiocassette diffuse des tyroliennes. Christian parle, mais je comprends mal ce qu'il dit. Ce sont des fragments inarticulés. À force d'attention, je comprends qu'il pose des jalons pour un futur « article ». Il souhaiterait que je vante, dans un quotidien national, les bienfaits du « ski à roulettes », nouveau sport d'été sur lequel la commune fonde de grands espoirs.

Le rêve secret des villageois est de créer dans la vallée une grande station touristique, de raser les forêts pour bâtir un immense domaine skiable. Ils refusent que des siècles de progrès s'arrêtent en bas de leur territoire. Ils espèrent voir la civilisation monter à leurs portes et même, si possible, les autoroutes, les trains à grande vitesse, les lignes à haute tension. Ils se battent pour ne pas être classés « parc naturel ». Ne disposant que de moyens réduits, ils ont d'ores et déjà mis en chantier plusieurs parkings ornés de toilettes publiques. Ils affirment : « Nous ne voulons pas être *sacrifiés.* » Ils ont choisi de se *développer.* Ils exigent de disparaître comme paysans, pour renaître acteurs de la société moderne.

Malheureusement, la neige est rare depuis quelques années et ces beaux projets sont suspendus. En désespoir de cause, les villageois ont reporté toute leur énergie sur le développement du ski sur herbe.

Dans l'autre oreille, Gilbert me parle :

— Tu vas voir ce que tu vas voir ! On a installé

la sono cet après-midi. Groupe de rock ! Spectacle de danse ! Descente aux flambeaux !

La jeep grimpe vers le sommet de la montagne. Un éclair traverse le ciel, suivi d'un coup de tonnerre.

— Tu vas la fermer ! hurle Christian en s'adressant au ciel d'orage.

La voiture s'engage sur un chemin de terre, franchit un petit pont entre les sapins qui débouche sur un terre-plein, au pied d'un modeste téléski. Une dizaine de voitures sont garées. Quelques lumières sont accrochées autour d'une roulotte transformée en bistrot. Un projecteur éclaire une estrade en bois posée sur l'herbe. Tandis que nous descendons de la Land Rover, des habitants s'écrient :

— Voilà Gilbert, voilà Christian... On commençait à avoir soif !

Éclats de rire. Quelques autochtones me disent bonjour. Ici, comme à Paris, je suis content qu'on me reconnaisse. Je sais qu'on me trouve bizarre. Artiste ? Journaliste ? Les villageois font semblant d'apprécier et me disent, apitoyés : « Si tu gagnes ta croûte, c'est le principal ! » Comme je suis gentil, on m'accepte quand même.

D'autres voitures arrivent, familles de touristes attirés par les affichettes posées au village : *Grand spectacle de music-hall.* Pères, mères et enfants avancent vers la roulotte en souriant, sûrs de leur bon droit à la rigolade en ce soir de fête nationale. Les géniteurs bedonnants sont vêtus de shorts. La progéniture a encore un peu de grâce mais porte déjà, dans le regard, les stigmates annonciateurs de sa déchéance.

C'est la fête. Je m'assois avec Gilbert et Christian à une table près la roulotte. Nous buvons de la bière chaude. Un peu partout, les plaisanteries fusent. Il est question de tracteurs, de tronçonneuses, de poids lourds. Puis c'est le moment des plaisanteries paillardes. Les femmes pouffent de rire. Près du téléski, entre les ruines d'une ferme et la carcasse d'une voiture, les artistes se préparent. Une demi-douzaine d'adolescentes, dirigées par une quadragénaire musclée, enfilent leurs justaucorps. Le mur de pierre ne dissimule pas complètement les torses pubères. Des messieurs osent des allusions raffinées. Heureusement, l'attention est détournée par l'arrivée sur l'estrade du groupe de rock, les Blue Cats, trois garçons de la ville voisine. Christian les connaît bien. Il me souffle à l'oreille :

— C'est du niou révivol, tendance rock à Billy.

Le guitariste lance la machine infernale, relayé par la batterie et les sifflements de la sono. Les trois musiciens tapent, crient, se soulagent. Le chanteur, jeune et beau, prend des postures relâchées de rock-star, mais il chante mal. Il se donne, exprime sa rage. Dans l'assistance, les enfants trépignent. Les adolescents jouissent. Les adultes, sceptiques, n'ont pas le même sens de la poésie :

— Y nous cassent les oreilles ! geint une mère

de famille, écarlate dans sa robe à fleurs vertes et mauves.

La sono couine. Le public applaudit poliment à la fin de chaque morceau. Christian agite sur les temps forts son bonnet rouge à pompon blanc. Il m'explique en hurlant que ces garçons veulent se lancer dans le show-biz. Il demande si je pourrais les pistonner, « leur faire un article ».

Le cauchemar dure une trentaine de minutes. L'assistance n'insiste pas, mais les musiciens se sentent obligés de jouer leurs trois rappels. Le batteur, bébé bouffi à gros bras, fait son solo et semble content de lui. Plus concentré, vêtu avec une certaine recherche, le guitariste est l'intellectuel de la bande, le concepteur, le théoricien.

Gilbert commande une nouvelle tournée de bière chaude. Après avoir rangé leurs instruments, les futures vedettes s'approchent de nous. Elles oublient l'attitude arrogante recommandée aux jeunes rockers. Le chanteur, en blouson de cuir, s'assoit près de Christian et lui demande s'il a aimé cette version de *Johnny B. Goode*. Il est séduisant, orgueilleux. Avec un peu de chance, il deviendra animateur au Club Med. Il soliloque :

— Dommage que cette enflure de Radio-City soit pas là ! Y devait venir avec un producteur de Nancy…

Le silence retombe. Gilbert, embêté, commande

une nouvelle tournée. Saisi par une illumination, Christian s'exclame :

— Y a peut-être pas Radio-City. Mais mon pote, j'ai beaucoup mieux !

Serré dans son anorak, le visage écarlate, le moniteur parle fort. Soudain, il me prend par l'épaule et me serre contre lui en articulant bien ses mots :

— UN JOURNALISTE DE PARIS ! Oui monsieur ! Quelqu'un qui écrit dans les revues musicales. Tu veux un article ? Tu n'as qu'à lui demander !

Surpris, écrasé par les gestes brutaux de Christian, j'hésite entre la gêne, la modestie et la fierté. Ne suis-je pas, après tout, cette personnalité, ce *critique musical parisien* ? L'Elvis local me dévisage scrupuleusement. Il ne m'avait pas remarqué et je comprends, à son air sceptique, que quelque chose ne va pas. Est-ce mon costume ? Mon air trop jeune, trop peu branché pour un « journaliste parisien » ? Le rocker me regarde encore, puis il amorce un demi-sourire et lâche froidement à Christian :

— Tu te fous de ma gueule ?

Il n'a pas l'air content et me toise de ses beaux yeux noirs. Je devrais sourire de son incrédulité. Mais je me sens gêné. Je rougis. Ce qu'a dit Christian est rigoureusement exact. Pourtant j'éprouve à cet instant une véritable honte, le sentiment d'être un minable. Longtemps je me suis cru artiste, sans pouvoir faire partager cette illusion.

Ici, on ne croit même pas à ce que je suis devenu, en désespoir de cause. Je suis indigne d'être journaliste ! Employé, chômeur tout au plus ! Je tente de m'expliquer :

— Il est vrai que je ne travaille pas dans le rock... Plutôt les rubriques classiques... La radio, la presse spécialisée.

Le jeune premier fronce les sourcils, incrédule. Je n'ose insister. Au moment critique, le malaise est rompu par un violent éclair qui fracasse le ciel, suivi d'une nouvelle rafale de tonnerre. Les visages se dressent. Peur primitive, immédiatement transformée en inquiétude pour le déroulement de la fête.

Une première grosse goutte s'écrase sur la scène, suivie par d'autres gouttes et bientôt par la pluie battante. Des familles se précipitent vers leurs autos. Les enfants rient. La plus grande partie de l'assistance, espérant que l'ondée ne durera pas, vient s'abriter sous l'auvent de bois dressé devant la roulotte. L'air fraîchit. Les corps se serrent, l'atmosphère se réchauffe. On commande de nouvelles tournées de bière. La mère d'une danseuse s'inquiète :

— Qu'est-ce qu'elles vont faire, les mômes ?

Les regards se tournent vers la prof de danse qui s'entretient mystérieusement derrière le comptoir avec le patron du téléski. Après plusieurs échanges graves, elle relève la tête vers l'assistance et lance, héroïque :

— On y va quand même !

Puis elle sort précipitamment et hurle en coulisse :

— Allez les filles, ça va être à vous !

Le public, soulagé, se retourne vers la scène où la pluie traverse les faisceaux de lumière. Pour fêter l'événement, Christian commande une tournée de schnaps. Il me tend un verre et me conseille de le verser directement dans la bière, « comme les Boches ». Obligé de prouver ma résistance à l'alcool, je fais semblant de m'exécuter et verse discrètement l'eau-de-vie par terre. La voix de la prof ordonne derrière la roulotte :

— Vas-y, René, lance la sono !

À ces mots, par la magie de la musique disco, la montagne sombre et pluvieuse prend les couleurs d'un studio d'enregistrement international. Sur des chœurs suaves qui répètent « I love you », dans l'éclairage jaunâtre de l'unique projecteur, la grande forêt devient un décor de boîte de nuit. La grosse caisse scande lourdement les accords sucrés des synthétiseurs. De faux violons et de faux cuivres ponctuent chaque temps avec la gaieté d'une machine bien réglée. Chacun ressent une irrésistible envie de danser. L'animatrice s'est emparée d'un micro et prend une voix suave pour annoncer sur la musique :

— Maintenant, mesdames et messieurs, voici notre grand spectacle de *turning baton*. Cette discipline arrive tout droit des USA. Notre show est intitulé *Naissance d'une star*, avec mesdemoiselles

Sandra Pierret, Jennifer Petitdemange, Alexandra Levacher…

Le public, haletant, guette l'apparition des étoiles. Comme celles-ci se font attendre, la chef s'impatiente et oublie d'éloigner le micro de sa bouche :

— Alors, les filles, vous entrez oui ou merde ?

Elle reprend sa voix suave pour préciser :

— Je vous rappelle que notre club de *turning baton* a obtenu cette année la cinquième place aux championnats départementaux…

Sur les martèlements de la boîte à rythme défilent tour à tour le thème transfiguré de la *Quarantième symphonie* de Mozart, celui du *Docteur Jivago*, enchaînés avec les tubes de l'été dernier. L'assemblée fredonne ces airs toniques, et l'on voit enfin s'avancer vers le plateau cinq déesses franco-hollywoodiennes, paysannes de quatorze ans vêtues de jupes lamées aux mille reflets, coiffées de casquettes de vendeuses de fast-food, maquillées, pailletées… L'une après l'autre, elles grimpent sur l'estrade, en posant méthodiquement la jambe droite sur les temps forts. Chacune porte un bâton fluorescent, qu'elles font tourner dans leur main avec dextérité : le fameux *turning baton.* Les poitrines sont enserrées dans des tee-shirt blancs où est inscrit, en lettres dorées : *Hollywood Star.*

L'averse faiblit. Les adolescentes lèvent le genou assez haut, en rythme avec le chœur qui répète : « Hollywood, my love. » Elles révèlent sans pudeur la chair rose et fraîche de leurs cuisses. Une petite grosse à double menton semble particulièrement fière entre ses camarades, et suscite l'admiration de ses parents. Les voilà toutes sur scène, disposées en ligne face au public. Elles font tourner les bâtons de plastique devant elles, puis au-dessus de leurs têtes et derrière leurs dos, grâce à de savants mouvements de poignet.

— Pas mal, non ? Les majorettes revues par Hollywood, ça a quand même plus de gueule ! me souffle Gilbert à l'oreille.

Les filles s'appliquent, malgré la pluie qui redouble. Elles comptent les temps. La synchronisation danse-musique s'estompe parfois, mais on atterrit tant bien que mal sur le refrain. Le professeur prononce quelques commentaires :

— Mademoiselle Alexandra Levacher va exécuter un triple tour renversé... On l'applaudit !

Le public admire la performance. Les mâles qui, au début, plaisantaient sur les gambettes des gamines conviennent que l'exercice est impressionnant. Au moment d'effectuer une pirouette, la petite grosse glisse sur une planche mouillée, provoquant les regards furieux de ses partenaires. Elle se redresse péniblement. Le public partage sa souffrance. Puis le spectacle reprend jusqu'à l'apothéose : la désignation par les dieux de la star hollywoodienne.

Alexandra, la plus jolie danseuse, est entourée par ses camarades et soulevée du sol pour la posture finale, au cours de laquelle elle lance très haut dans le ciel son *turning baton* fluorescent. L'engin fait quelques tours en l'air et retombe dans l'herbe, un peu plus loin. En véritables professionnelles, les jeunes filles se figent sous la pluie dans un sourire ultime, tandis que l'assistance applaudit généreusement.

L'enchaînement est admirablement coordonné. Sur les dernières notes, un feu d'artifice jaillit dans le ciel et illumine la montagne d'étoiles multicolores. Les enfants du village chaussent leurs skis à roulettes pour la descente aux flambeaux. Le moteur du téléski se met en marche. Un skieur saisit la première perche. Tous, l'un derrière l'autre, grimpent sur l'herbe vers le sommet de la piste. Autour de la roulotte, des fusées explosent en bleu, blanc, rouge. Des feux de Bengale envoient leurs gerbes dorées aux quatre coins de l'estrade, pendant que les skieurs se rassemblent au sommet de la piste. L'allumage des torches est retardé par l'humidité. Enfin, deux ou trois flammèches éclairent le ciel et les enfants commencent leur descente en formation géométrique. Ils tracent sur l'herbe de larges virages. L'averse s'acharne sur les flambeaux qui s'éteignent l'un après l'autre. Le feu d'artifice s'achève sans bouquet final. Les skis sur herbe émettent des grincements de roulettes. Le slalom prend fin dans l'ombre et la désolation.

La fête est finie. Le public se disperse rapidement. Les premières voitures démarrent. Je traîne encore un moment devant la roulotte. Christian me relance pour que je prenne la plume et publie dans *Le Monde* ou *Le Figaro* un compte rendu de la soirée. Je suis complètement soûl, et très incertain de mon rôle dans ce village. Je regarde ma montre. Deux heures… Je suggère à Gilbert de me reconduire, mais il veut aller en boîte à la ville voisine. Effrayé par la perspective d'une nuit blanche, je me dirige vers le parking pour mendier une place dans la dernière voiture. Un couple d'ex-paysans me case entre les enfants, sur la banquette arrière. Nous roulons. Arrivé près de la maison, je descends en remerciant mes hôtes.

La pluie a cessé. Des étoiles illuminent à nouveau le ciel. Assis sur une pierre au bord du sentier, j'écoute l'eau du torrent. Je distingue dans l'obscurité la ligne noire des montagnes dessinée des deux côtés de la vallée. Fouetté par l'alcool et l'air frais, je me sens heureux et calme. J'aime le silence de la nuit, l'ombre où se découpent les crêtes des sapins. C'est la scène romantique, la méditation au clair de lune. Je regarde les lumières du hameau, au creux des montagnes. Je pense à l'immense espace de solitude qui s'étend d'un village à l'autre. Je songe à mon existence, à cette navigation périlleuse, à ce spectacle qui tour à tour m'enchante, m'horrifie, m'émeut, m'affole ou me console. J'ignore le but du voyage, mais j'aime cette succession de visages et de paysages. Je voudrais que la promenade dure très longtemps.

V

J'ai gravi pendant près d'une heure un grand pré aux herbes fraîches. J'ai franchi d'innombrables ruisseaux, dégringolades glacées, minérales et transparentes. Grimpant vers la forêt, j'ai salué trois jeunes vaches qui ont lentement relevé la tête et m'ont dévisagé comme des vierges effarouchées. J'ai écouté des oiseaux qui se répondaient dans le ciel gris. Le temps humide et triste me procurait une joie inhabituelle. Il semblait éveiller une vie secrète, stimuler l'activité de la faune et de la flore. J'aimais ces nuages bas, ces terres humides, cet air brouillé.

Quittant le grand arrondi de la vallée, je suis entré sous la voûte des sapins. Dans un voile de condensation se dressait autour de moi l'origine du monde. Je pénétrais dans la pénombre légendaire. Troncs immenses dont les cimes se perdaient dans le ciel, dont les racines noueuses s'enfonçaient dans le sol, tels les pieds de géants mythologiques. De longs et lourds branchages retombaient vers la terre, chargés d'une toison grise de lichen. Des mares glauques s'étalaient entre les pelages de mousse. Au bord des tourbières jaillissaient des bouquets de feuilles vertes, trèfles monstrueux, repaires de nains et de farfadets. Dans les anfractuosités rocheuses où coulaient des cascades, s'accrochaient des arbres difformes. L'air mouillé prêtait à la forêt montagnarde une densité de forêt tropicale.

Après avoir marché longtemps, après avoir soufflé dans des pentes plus raides, m'agrippant aux angles des pierres, je me suis enfoncé au cœur du nuage qui coiffait les bois. Je suis entré dans l'ouate, dans le rêve de la vallée disparue où j'ai fini par perdre toute trace du sentier. À tâtons, les pieds mal assurés, redoutant les pièges du sol, je me suis orienté vers le sommet. Enfin, j'ai débouché sur la prairie qui recouvre la montagne, comme un crâne tonsuré au-dessus de la chevelure.

Le nuage s'estompait par instants, révélant l'étendue du haut gazon rasé par le vent. Le ciel retombait quelques mètres plus loin. J'ai continué à grimper au hasard, foulant l'herbe et les fleurs de l'alpage. À nouveau tout s'estompait dans une vapeur grise, quand mon oreille a discerné une plainte lancée dans le vide, une voix gémissante. Je me suis arrêté… Quelques instants plus tard, j'ai entendu un second cri, tout aussi déchirant, rebondissant dans l'espace avant de se perdre au-dessus des vallées. Sans bien comprendre la signification de cet appel poignant, j'ai repris ma marche vers le sommet. Je me suis heurté à une mince clôture de berger. J'ai tendu l'oreille, entendu une troisième plainte, et j'ai reconnu le bêlement d'un mouton.

Le vent a balayé le brouillard. J'ai aperçu l'animal blanc, couvert de laine, broutant les herbes et les fleurs. Puis j'ai discerné autour de lui des dizaines d'autres moutons blancs et noirs. Ensemble, ils ont relevé la tête. Ils ont fait quelques pas timides dans ma direction. Comme je ne bougeais pas, ils ont penché de nouveau le museau sur l'herbe et l'ont arrachée silencieusement. Ils ont lancé d'autres bêlements. Le nuage s'est épaissi et les a soustraits à mon regard.

Je restais immobile et fasciné. Cette scène me semblait extraordinaire. La montagne embrumée, ce grand pré où bêlaient des formes indistinctes, serrées les unes contre les autres ; ce troupeau à mille mètres au-dessus du monde, ce spectacle simple et beau était comme une réponse informulée à de profondes questions. La scène s'éclairait à nouveau. Je regardais les moutons ahuris et faibles et, sous chacune de ces toisons de laine, je reconnaissais quelqu'un que j'avais rencontré un jour, sur un trottoir, dans un bureau, sur la plage ; quelqu'un que j'avais observé, quelqu'un que j'avais aimé. Comme s'ils étaient tous là, rassemblés derrière cette clôture, ces êtres proches ou inconnus, ces ennemis, ces amis, ces civilisations disparues, ces mondes à venir ; comme si j'étais là, moi aussi, parmi eux. Ce tableau pittoresque rabelaisien, teinté de romantisme montagnard, cette scène tragi-comique étalée au milieu du ciel me semblait empreinte de la plus haute signification.

Plus je réfléchissais, plus cette évidence logique, cette conclusion irréfutable s'imposait : l'abrutissement congénital du mouton constitue la plus radicale démonstration de la splendeur de la création. Le troupeau mécanique, indifférencié, geignard, jeté sur la montagne, possède malgré tout cette beauté, cette essence poétique qui émane de la substance vivante. C'est dans l'expression la plus résolument animale, dans l'absurdité de la domesticité que se niche, paradoxalement, la sensation extrême et bouleversante de l'infini. J'ai toujours été fasciné par le théâtre des basses-cours, par ce mélange de bêtise et de beauté. L'arrogance bornée du coq, le regard stupide de la poule, la misère du chien, les enfantillages du chat nous renvoient à quelques gestes fondamentaux que nous habillons d'artifice, mais qui demeurent le principe épouvantable et magnifique de nos actes.

Or il y avait à cet instant précis, dans la vision du troupeau de moutons, quelque chose de plus radical encore dans l'indifférenciation ; une émotion réduite par l'uniformité de ces animaux craintifs à son expression la plus simple. De ce troupeau de créatures plus ou moins semblables, de cet amas de bêlements vaguement personnalisés, lancés par-delà les cols vers l'infini, de cette masse sociale d'égarés, de ce dressage d'une espèce entière dans la servitude inconsciente et absolue; de tout cela se dégageait imperceptiblement un mystère insondable et beau, cette tension de l'absurdité, cette absence absolue de sens qu'un philosophe, en d'autres temps, aurait qualifiée de « preuve de l'existence de Dieu ».

DU MÊME AUTEUR

Aux Éditions Gallimard

L'AMOUREUX MALGRÉ LUI, *roman*, 1989, « L'Infini ».

TOUT DOIT DISPARAÎTRE, *roman*, 1992, « L'Infini » (« Folio », *n° 3800*).

GAIETÉ PARISIENNE, *roman*, 1996 (« Folio », *n° 3136*).

DRÔLE DE TEMPS, *nouvelles*, 1997 (« Folio », *n° 3472. Avant-propos de Milan Kundera.* Édition revue par l'auteur en 1998).

LES MALENTENDUS, *roman*, 1998.

LE VOYAGE EN FRANCE, 2001. Prix Médicis 2001 (à paraître en « Folio »).

Chez d'autres éditeurs

SOMMEIL PERDU, *roman*, 1985 (*Grasset*).

À PROPOS DES VACHES, *roman*, 1987 (*Calmann-Lévy*, 2000, *Les Belles Lettres*, 2003, *La Table Ronde, collection « La Petite Vermillon »*).

REQUIEM POUR UNE AVANT-GARDE, essai, 1995 (*Robert Laffont*, 2000, *Pocket, collection « Agora »*).

L'OPÉRETTE EN FRANCE, essai illustré, 1997 (*Seuil*).

COLLECTION FOLIO

Dernières parutions

3516. Zola	*La Bête humaine.*
3517. Zola	*Thérèse Raquin.*
3518. Frédéric Beigbeder	*L'amour dure trois ans.*
3519. Jacques Bellefroid	*Fille de joie.*
3520. Emmanuel Carrère	*L'Adversaire.*
3521. Réjean Ducharme	*Gros Mots.*
3522. Timothy Findley	*La fille de l'Homme au Piano.*
3523. Alexandre Jardin	*Autobiographie d'un amour.*
3524. Frances Mayes	*Bella Italia.*
3525. Dominique Rolin	*Journal amoureux.*
3526. Dominique Sampiero	*Le ciel et la terre.*
3527. Alain Veinstein	*Violante.*
3528. Lajos Zilahy	*L'Ange de la Colère (Les Dukay tome II).*
3529. Antoine de Baecque et Serge Toubiana	*François Truffaut.*
3530. Dominique Bona	*Romain Gary.*
3531. Gustave Flaubert	*Les Mémoires d'un fou. Novembre. Pyrénées-Corse. Voyage en Italie.*
3532. Vladimir Nabokov	*Lolita.*
3533. Philip Roth	*Pastorale américaine.*
3534. Pascale Froment	*Roberto Succo.*
3535. Christian Bobin	*Tout le monde est occupé.*
3536. Sébastien Japrisot	*Les mal partis.*
3537. Camille Laurens	*Romance.*
3538. Joseph Marshall III	*L'hiver du fer sacré.*
3540 Bertrand Poirot-Delpech	*Monsieur le Prince*
3541. Daniel Prévost	*Le passé sous silence.*
3542. Pascal Quignard	*Terrasse à Rome.*
3543. Shan Sa	*Les quatre vies du saule.*
3544. Eric Yung	*La tentation de l'ombre.*
3545. Stephen Marlowe	*Octobre solitaire.*
3546. Albert Memmi	*Le Scorpion.*

3547. Tchékhov	*L'Île de Sakhaline.*
3548. Philippe Beaussant	*Stradella.*
3549. Michel Cyprien	*Le chocolat d'Apolline.*
3550. Naguib Mahfouz	*La Belle du Caire.*
3551. Marie Nimier	*Domino.*
3552. Bernard Pivot	*Le métier de lire.*
3553. Antoine Piazza	*Roman fleuve.*
3554. Serge Doubrovsky	*Fils.*
3555. Serge Doubrovsky	*Un amour de soi.*
3556. Annie Ernaux	*L'événement.*
3557. Annie Ernaux	*La vie extérieure.*
3558. Peter Handke	*Par une nuit obscure, je sortis de ma maison tranquille.*
3559. Angela Huth	*Tendres silences.*
3560. Hervé Jaouen	*Merci de fermer la porte.*
3561. Charles Juliet	*Attente en automne.*
3562. Joseph Kessel	*Contes.*
3563. Jean-Claude Pirotte	*Mont Afrique.*
3564. Lao She	*Quatre générations sous un même toit III.*
3565. Dai Sijie	*Balzac et la petite tailleuse chinoise.*
3566. Philippe Sollers	*Passion fixe.*
3567. Balzac	*Ferragus, chef des Dévorants.*
3568. Marc Villard	*Un jour je serai latin lover.*
3569. Marc Villard	*J'aurais voulu être un type bien.*
3570. Alessandro Baricco	*Soie.*
3571. Alessandro Baricco	*City.*
3572. Ray Bradbury	*Train de nuit pour Babylone.*
3573. Jerome Charyn	*L'Homme de Montezuma.*
3574. Philippe Djian	*Vers chez les blancs.*
3575. Timothy Findley	*Le chasseur de têtes.*
3576. René Fregni	*Elle danse dans le noir.*
3577. François Nourissier	*À défaut de génie.*
3578. Boris Schreiber	*L'excavatrice.*
3579. Denis Tillinac	*Les masques de l'éphémère.*
3580. Frank Waters	*L'homme qui a tué le cerf.*
3581. Anonyme	*Sindbâd de la mer* et autres contes.
3582. François Gantheret	*Libido Omnibus.*
3583. Ernest Hemingway	*La vérité à la lumière de l'aube.*
3584. Régis Jauffret	*Fragments de la vie des gens.*

3585. Thierry Jonquet	*La vie de ma mère !*
3586. Molly Keane	*L'amour sans larmes.*
3587. Andreï Makine	*Requiem pour l'Est.*
3588. Richard Millet	*Lauve le pur.*
3589. Gina B. Nahai	*Roxane,* ou *Le saut de l'ange.*
3590. Pier Paolo Pasolini	*Les Anges distraits.*
3591. Pier Paolo Pasolini	*L'odeur de l'Inde.*
3592. Sempé	*Marcellin Caillou.*
3593. Bruno Tessarech	*Les grandes personnes.*
3594. Jacques Tournier	*Le dernier des Mozart.*
3595. Roger Wallet	*Portraits d'automne.*
3596. Collectif	*Le Nouveau Testament.*
3597. Raphaël Confiant	*L'archet du colonel..*
3598. Remo Forlani	*Émile à l'Hôtel.*
3599. Chris Offutt	*Le fleuve et l'enfant.*
3600. Marc Petit	*Le Troisième Faust.*
3601. Roland Topor	*Portrait en pied de Suzanne.*
3602. Roger Vailland	*La fête.*
3603. Roger Vailland	*La truite.*
3604. Julian Barnes	*England, England.*
3605. Rabah Belamri	*Regard blessé.*
3606. François Bizot	*Le portail.*
3607. Olivier Bleys	*Pastel.*
3608. Larry Brown	*Père et fils.*
3609. Albert Camus	*Réflexions sur la peine capitale.*
3610. Jean-Marie Colombani	*Les infortunes de la République.*
3611. Maurice G. Dantec	*Le théâtre des opérations.*
3612. Michael Frayn	*Tête baissée.*
3613. Adrian C. Louis	*Colères sioux.*
3614. Dominique Noguez	*Les Martagons.*
3615. Jérôme Tonnerre	*Le petit Voisin.*
3616. Victor Hugo	*L'Homme qui rit.*
3617. Frédéric Boyer	*Une fée.*
3618. Aragon	*Le collaborateur* et autres nouvelles.
3619. Tonino Benacquista	*La boîte noire* et autres nouvelles.
3620. Ruth Rendell	*L'Arbousier.*
3621. Truman Capote	*Cercueils sur mesure.*
3622. Francis Scott Fitzgerald	*La Sorcière rousse,* précédé de *La coupe de cristal taillé.*

3623. Jean Giono — *Arcadie...Arcadie...*, précédé de *La pierre.*
3624. Henry James — *Daisy Miller.*
3625. Franz Kafka — *Lettre au père.*
3626. Joseph Kessel — *Makhno et sa juive.*
3627. Lao She — *Histoire de ma vie.*
3628. Ian McEwan — *Psychopolis* et autres nouvelles.
3629. Yukio Mishima — *Dojoji* et autres nouvelles.
3630. Philip Roth — *L'habit ne fait pas le moine,* précédé de *Défenseur de la foi.*
3631. Leonardo Sciascia — *Mort de l'Inquisiteur.*
3632. Didier Daeninckx — *Leurre de vérité* et autres nouvelles.
3633. Muriel Barbery — *Une gourmandise.*
3634. Alessandro Baricco — *Novecento : pianiste.*
3635. Philippe Beaussant — *Le Roi-Soleil se lève aussi.*
3636. Bernard Comment — *Le colloque des bustes.*
3637. Régine Detambel — *Graveurs d'enfance.*
3638. Alain Finkielkraut — *Une voix vient de l'autre rive.*
3639. Patrice Lemire — *Pas de charentaises pour Eddy Cochran.*
3640. Harry Mulisch — *La découverte du ciel.*
3641. Boualem Sansal — *L'enfant fou de l'arbre creux.*
3642. J.B. Pontalis — *Fenêtres.*
3643. Abdourahman A. Waberi — *Balbala.*
3644. Alexandre Dumas — *Le Collier de la reine.*
3645. Victor Hugo — *Notre-Dame de Paris.*
3646. Hector Bianciotti — *Comme la trace de l'oiseau dans l'air.*
3647. Henri Bosco — *Un rameau de la nuit.*
3648. Tracy Chevalier — *La jeune fille à la perle.*
3649. Rich Cohen — *Yiddish Connection.*
3650. Yves Courrière — *Jacques Prévert.*
3651. Joël Egloff — *Les Ensoleillés.*
3652. René Frégni — *On ne s'endort jamais seul.*
3653. Jérôme Garcin — *Barbara, claire de nuit.*
3654. Jacques Lacarrière — *La légende d'Alexandre.*
3655. Susan Minot — *Crépuscule.*
3656. Erik Orsenna — *Portrait d'un homme heureux.*
3657. Manuel Rivas — *Le crayon du charpentier.*

3658. Diderot — *Les Deux Amis de Bourbonne.*
3659. Stendhal — *Lucien Leuwen.*
3660. Alessandro Baricco — *Constellations.*
3661. Pierre Charras — *Comédien.*
3662. François Nourissier — *Un petit bourgeois.*
3663. Gérard de Cortanze — *Hemingway à Cuba.*
3664. Gérard de Cortanze — *J. M. G. Le Clézio.*
3665. Laurence Cossé — *Le Mobilier national.*
3666. Olivier Frébourg — *Maupassant, le clandestin.*
3667. J.M.G. Le Clézio — *Cœur brûle* et autres romances.
3668. Jean Meckert — *Les coups.*
3669. Marie Nimier — *La Nouvelle Pornographie.*
3670. Isaac B. Singer — *Ombres sur l'Hudson.*
3671. Guy Goffette — *Elle, par bonheur, et toujours nue.*
3672. Victor Hugo — *Théâtre en liberté.*
3673. Pascale Lismonde — *Les arts à l'école. Le Plan de Jack Lang et Catherine Tasca.*
3674. Collectif — *« Il y aura une fois ». Une anthologie du Surréalisme.*
3675. Antoine Audouard — *Adieu, mon unique.*
3676. Jeanne Benameur — *Les Demeurées.*
3677. Patrick Chamoiseau — *Écrire en pays dominé.*
3678. Erri De Luca — *Trois chevaux.*
3679. Timothy Findley — *Pilgrim.*
3680. Christian Garcin — *Le vol du pigeon voyageur.*
3681. William Golding — *Trilogie maritime, 1. Rites de passage.*
3682. William Golding — *Trilogie maritime, 2. Coup de semonce.*
3683. William Golding — *Trilogie maritime, 3. La cuirasse de feu.*
3684. Jean-Noël Pancrazi — *Renée Camps.*
3686. Jean-Jacques Schuhl — *Ingrid Caven.*
3687. *Positif,* revue de cinéma — *Alain Resnais.*
3688. Collectif — *L'amour du cinéma. 50 ans de la revue* Positif.
3689. Alexandre Dumas — *Pauline.*
3690. Le Tasse — *Jérusalem libérée.*
3691. Roberto Calasso — *la ruine de Kasch.*

3692. Karen Blixen — *L'éternelle histoire.*
3693. Julio Cortázar — *L'homme à l'affût.*
3694. Roald Dahl — *L'invité.*
3695. Jack Kerouac — *Le vagabond américain en voie de disparition.*
3696. Lao-tseu — *Tao-tö king.*
3697. Pierre Magnan — *L'arbre.*
3698. Marquis de Sade — *Ernestine. Nouvelle suédoise.*
3699. Michel Tournier — *Lieux dits.*
3700. Paul Verlaine — *Chansons pour elle* et autres poèmes érotiques.
3701. Collectif — *« Ma chère maman... »*
3702. Junichirô Tanizaki — *Journal d'un vieux fou.*
3703. Théophile Gautier — *Le capitaine Fracassse.*
3704. Alfred Jarry — *Ubu roi.*
3705. Guy de Maupassant — *Mont-Oriol.*
3706. Voltaire — *Micromégas. L'Ingénu.*
3707. Émile Zola — *Nana.*
3708. Émile Zola — *Le Ventre de Paris.*
3709. Pierre Assouline — *Double vie.*
3710. Alessandro Baricco — *Océan mer.*
3711. Jonathan Coe — *Les Nains de la Mort.*
3712. Annie Ernaux — *Se perdre.*
3713. Marie Ferranti — *La fuite aux Agriates.*
3714. Norman Mailer — *Le Combat du siècle.*
3715. Michel Mohrt — *Tombeau de La Rouërie.*
3716. Pierre Pelot — *Avant la fin du ciel.*
3718. Zoé Valdès — *Le pied de mon père.*
3719. Jules Verne — *Le beau Danube jaune.*
3720. Pierre Moinot — *Le matin vient et aussi la nuit.*
3721. Emmanuel Moses — *Valse noire.*
3722. Maupassant — *Les Sœurs Rondoli* et autres nouvelles.
3723. Martin Amis — *Money, money.*
3724. Gérard de Cortanze — *Une chambre à Turin.*
3725. Catherine Cusset — *La haine de la famille.*
3726. Pierre Drachline — *Une enfance à perpétuité.*
3727. Jean-Paul Kauffmann — *La Lutte avec l'Ange.*
3728. Ian McEwan — *Amsterdam.*
3729. Patrick Poivre d'Arvor — *L'Irrésolu.*
3730. Jorge Semprun — *Le mort qu'il faut.*

3731. Gilbert Sinoué — *Des jours et des nuits.*
3732. Olivier Todd — *André Malraux. Une vie.*
3733. Christophe de Ponfilly — *Massoud l'Afghan.*
3734. Thomas Gunzig — *Mort d'un parfait bilingue.*
3735. Émile Zola — *Paris.*
3736. Félicien Marceau — *Capri petite île.*
3737. Jérôme Garcin — *C'était tous les jours tempête.*
3738. Pascale Kramer — *Les Vivants.*
3739. Jacques Lacarrière — *Au cœur des mythologies.*
3740. Camille Laurens — *Dans ces bras-là.*
3741. Camille Laurens — *Index.*
3742. Hugo Marsan — *Place du Bonheur.*
3743. Joseph Conrad — *Jeunesse.*
3744. Nathalie Rheims — *Lettre d'une amoureuse morte.*
3745. Bernard Schlink — *Amours en fuite.*
3746. Lao She — *La cage entrebâillée.*
3747. Philippe Sollers — *La Divine Comédie.*
3748. François Nourissier — *Le musée de l'Homme.*
3749. Norman Spinrad — *Les miroirs de l'esprit.*
3750. Collodi — *Les Aventures de Pinocchio.*
3751. Joanne Harris — *Vin de bohème.*
3752. Kenzaburô Ôé — *Gibier d'élevage.*
3753. Rudyard Kipling — *La marque de la Bête.*
3754. Michel Déon — *Une affiche bleue et blanche.*
3755. Hervé Guibert — *La chair fraîche.*
3756. Philippe Sollers — *Liberté du XVIIIème.*
3757. Guillaume Apollinaire — *Les Exploits d'un jeune don Juan.*
3758. William Faulkner — *Une rose pour Emily* et autres nouvelles.
3759. Romain Gary — *Une page d'histoire.*
3760. Mario Vargas Llosa — *Les chiots.*
3761. Philippe Delerm — *Le Portique.*
3762. Anita Desai — *Le jeûne et le festin.*
3763. Gilles Leroy — *Soleil noir.*
3764. Antonia Logue — *Double cœur.*
3765. Yukio Mishima — *La musique.*
3766. Patrick Modiano — *La Petite Bijou.*
3767. Pascal Quignard — *La leçon de musique.*
3768. Jean-Marie Rouart — *Une jeunesse à l'ombre de la lumière.*

3769. Jean Rouaud	*La désincarnation.*
3770. Anne Wiazemsky	*Aux quatre coins du monde.*
3771. Lajos Zilahy	*Le siècle écarlate. Les Dukay.*
3772. Patrick McGrath	*Spider.*
3773. Henry James	*Le Banc de la désolation.*
3774. Katherine Mansfield	*La Garden-Party* et autres nouvelles.
3775. Denis Diderot	*Supplément au Voyage de Bougainville.*
3776. Pierre Hebey	*Les passions modérées.*
3777. Ian McEwan	*L'Innocent.*
3778. Thomas Sanchez	*Le Jour des Abeilles.*
3779. Federico Zeri	*J'avoue m'être trompé. Fragments d'une autobiographie.*
3780. François Nourissier	*Bratislava.*
3781. François Nourissier	*Roman volé.*
3782. Simone de Saint-Exupéry	*Cinq enfants dans un parc.*
3783. Richard Wright	*Une faim d'égalité.*
3784. Philippe Claudel	*J'abandonne.*
3785. Collectif	*« Leurs yeux se rencontrèrent... ». Les plus belles premières rencontres de la littérature.*
3786. Serge Brussolo	*« Trajets et itinéraires de l'oubli ».*
3787. James M. Cain	*Faux en écritures.*
3788. Albert Camus	*Jonas ou l'artiste au travail* suivi de *La pierre qui pousse.*
3789. Witold Gombrovicz	*Le festin chez la comtesse Fritouille* et autres nouvelles.
3790. Ernest Hemingway	*L'étrange contrée.*
3791. E. T. A Hoffmann	*Le Vase d'or.*
3792. J. M. G. Le Clezio	*Peuple du ciel* suivi de *Les Bergers.*
3793. Michel de Montaigne	*De la vanité.*
3794 Luigi Pirandello	*Première nuit et autres nouvelles.*
3795. Laure Adler	*À ce soir.*
3796. Martin Amis	*Réussir.*
3797. Martin Amis	*Poupées crevées.*
3798. Pierre Autin-Grenier	*Je ne suis pas un héros.*

3799. Marie Darrieussecq — *Bref séjour chez les vivants.*
3800. Benoît Duteurtre — *Tout doit disparaître.*
3801. Carl Friedman — *Mon père couleur de nuit.*
3802. Witold Gombrowicz — *Souvenirs de Pologne.*
3803. Michel Mohrt — *Les Nomades.*
3804. Louis Nucéra — *Les Contes du Lapin Agile.*
3805. Shan Sa — *La joueuse de go.*
3806. Philippe Sollers — *Éloge de l'infini.*
3807. Paule Constant — *Un monde à l'usage des Demoiselles.*
3808. Honoré de Balzac — *Un début dans la vie.*
3809. Christian Bobin — *Ressusciter.*
3810. Christian Bobin — *La lumière du monde.*
3811. Pierre Bordage — *L'Évangile du Serpent.*
3812. Raphaël Confiant — *Brin d'amour.*
3813. Guy Goffette — *Un été autour du cou.*
3814. Mary Gordon — *La petite mort.*
3815. Angela Huth — *Folle passion.*
3816. Régis Jauffret — *Promenade.*
3817. Jean d'Ormesson — *Voyez comme on danse.*
3818. Marina Picasso — *Grand-père.*
3819. Alix de Saint-André — *Papa est au Panthéon.*
3820. Urs Widmer — *L'homme que ma mère a aimé.*
3821. George Eliot — *Le Moulin sur la Floss.*
3822. Jérôme Garcin — *Perspectives cavalières.*
3823. Frédéric Beigbeder — *Dernier inventaire avant liquidation.*
3824. Hector Bianciotti — *Une passion en toutes Lettres.*
3825. Maxim Biller — *24 heures dans la vie de Mordechaï Wind.*
3826. Philippe Delerm — *La cinquième saison.*
3827. Hervé Guibert — *Le mausolée des amants.*
3828. Jhumpa Lahiri — *L'interprète des maladies.*
3829. Albert Memmi — *Portrait d'un Juif.*
3830. Arto Paasilinna — *La douce empoisonneuse.*
3831. Pierre Pelot — *Ceux qui parlent au bord de la pierre (Sous le vent du monde, V).*
3832. W.G Sebald — *Les Émigrants.*
3833. W.G Sebald — *Les Anneaux de Saturne.*
3834. Junichirô Tanizaki — *La clef.*

Composition Interligne
Impression Novoprint
à Barcelone, le 17 juin 2003
Dépôt légal: juin 2003
Premier dépôt légal dans la collection: janvier 2003
ISBN 2-07-042690-4 / Imprimé en Espagne.

126136